Effroyables jardins

suivi de

Aimer à peine

Michel Quint

Effroyables jardins

suivi de

Aimer à peine

ÉDITIONS FRANCE LOISIRS

Édition du Club France Loisirs,
avec l'autorisation des Éditions Joëlle Losfeld

Éditions France Loisirs
123, boulevard de Grenelle, Paris
www.franceloisirs.com

ISBN : 2-7441-6064-4

Effroyables jardins

Et que la grenade est touchante
Dans nos effroyables jardins

Calligrammes, Guillaume APOLLINAIRE

À la mémoire de mon grand-père Leprêtre,
ancien combattant de Verdun, mineur de fond,
et à celle de mon père, ancien résistant, professeur,
qui m'ont ouvert en grand la mémoire de l'horreur
et fait pourtant apprendre la langue allemande,
parce qu'ils sentaient bien que le manichéisme en
histoire est une sottise.
Et à la mémoire de Bernhard Wicki.

Certains témoins mentionnent qu'aux derniers jours du procès de Maurice Papon, la police a empêché un clown, un auguste, au demeurant fort mal maquillé et au costume de scène bien dépenaillé, de s'introduire dans la salle d'audience du palais de justice de Bordeaux. Il semble que, ce même jour, il ait attendu la sortie de l'accusé et l'ait simplement considéré, à distance, sans chercher à lui adresser la parole. L'ancien secrétaire général de la préfecture de Gironde a peut-être remarqué ce clown mais rien n'est moins sûr. Plus tard, l'homme est revenu régulièrement, sans son déguisement, assister à la fin des audiences et aux plaidoiries. À chaque fois il posait sur ses genoux une mallette dont il caressait le cuir tout éraflé. Un huissier se souvient de l'avoir entendu dire, après que fut tombé le verdict :

– Sans vérité, comment peut-il y avoir de l'espoir… ?

Et sans mémoire ? Des lois de Vichy : 17 juillet 40, concernant l'accès aux emplois dans les administrations publiques, du 4 octobre 40 relative aux ressortissants étrangers de race juive, du 3, la veille, portant sur le statut des juifs, du 23 juillet 40, relative à la déchéance de la nationalité à l'égard des Français qui ont quitté la France, tous ces actes où Pétain commence par « Nous, Maréchal de France… », et cette autre loi qui me touche, du 6 juin 42, interdisant aux juifs d'exercer la profession de comédien…

Je ne suis pas juif. Ni comédien. Mais…

Aussi loin que je puisse retourner, aux époques où je passais encore debout sous les tables, avant même de savoir qu'ils étaient destinés à faire rire, les clowns m'ont déclenché le chagrin. Des désirs de larmes et de déchirants désespoirs, de cuisantes douleurs, et des hontes de paria.

Plus que tout, j'ai détesté les augustes. Plus que l'huile de foie de morue, les bises aux vieilles parentes moustachues et le calcul mental, plus que n'importe quelle torture d'enfance. À dire au plus près l'exact du sentiment, au temps de mon innocence, j'ai éprouvé devant ces hommes raccommodés à la ficelle, écarquillés de céruse, ces grotesques, le vertueux effroi des puceaux croisant une prostituée peinte, selon l'idée imagée et sommaire que je m'en fais, ou la soudaine suée des rosières découvrant au parterre fleuri un nain de jardin obscène, ithyphallique. Si on m'imposait le spectacle de la piste, je trouillais à cramoisir, à bégayer, à faire pipi-culotte. À devenir sourd. Fou. À mort.

Rien qu'à la pensée d'une bille de clown, d'une perruque rouge, la perspective d'une matinée au cirque, mes copains de classe, ma sœur Françoise, tous les gosses de constitution normale sentaient monter la rigolade, s'étirer les coins de leurs lèvres. L'extase du rire, la jouissance de la gorge déployée leur venaient. Moi je me nouais bien profond, à ne plus pouvoir avaler ni une règle de grammaire ni le repas du soir.

Bien sûr, les manuels de psychanalyse vulgarisée ne sont pas faits pour les chiens et j'ai depuis longtemps identifié les causes d'une telle névrose.

C'est que mon père, instituteur de son état, traquait et prenait aux cheveux toutes les occasions de s'exhiber en auguste amateur. Larges tatanes, pif rouge, et tout un fourbi bricolé de ses vieux costumes, des ustensiles de cuisine mis au rancart. Faut-il le dire, quelques dentelles aussi, abandonnées par ma mère, lui donnaient une couleur trouble. Ainsi armé et affublé de la sorte, casqué d'une passoire à l'émail écaillé, cuirassé d'un corset rose à baleines, presse-purée nucléaire à la hanche, casse-noix supersonique au poing, c'était un guerrier hagard, un samouraï de fer-blanc qui sauvait l'humanité intergalactique et aussi la nôtre, toute bête, dans un numéro pathétique de niais solitaire contraint de s'infliger tout seul des baffes et des coups de pied au cul. Une espèce de Matamore d'arrière-cuisine, un Tintin des bas-fonds, dont personne ne suivait le galimatias à peine articulé mais qui avait le chic pour émouvoir l'assistance. Peut-être parce qu'il était maladroit, se prenait vraiment les doigts dans le tambour de la râpe à fromage qui lui servait de mitrailleuse, chantait horriblement faux et mourait immanquablement de faim, d'amour ou… D'amour. À bien y resonger, oui, copiant Charlot, il mourait surtout d'amour.

Et cela ajoutait à mon malaise. Celui de maman, elle avait beau le cacher, il m'était évident qu'elle aussi, à voir papa exécuter des culbutes et des sauts carpés d'agonie, une fleur de papier au poing, pour une donzelle choisie dans l'assistance, elle l'avait un peu mauvaise. Mais bon !

Il courait les fêtes de fin d'année, les goûters de Noël, les anniversaires et les raouts de comités d'entreprises. Les après-midi récréatifs des œuvres laïques, de préférence et, bien entendu, jusqu'à plus soif. Dans tous les sens. Parce que ce genre de manifestation, on sait ce que c'est, l'amical est de règle, et ce brave clown il en avait sué sous les projecteurs, fallait veiller au remplissage régulier de sa chope. Mon père revenait de ses prestations bourré de reconnaissance liquide et satisfait d'être ivre par devoir. Et moi j'avais honte de lui, je le reniais, l'ignorais, je l'aurais donné au premier orphelin si j'avais pensé qu'un seul eût pu l'accepter. Je haïssais ma mère de le mettre au lit, de lui essuyer le front en lui murmurant des tendresses.

Jamais il n'a demandé un sou pour s'être produit, nous avoir bousillé un samedi en famille, un dimanche, nous avoir obligés à renoncer à un beau jeudi entre nous. On l'appelait directement à la maison, par téléphone. Il écoutait, demandait juste le lieu et l'heure. Après il informait maman de son engagement. Elle le regardait tirer sa valise d'un placard de la cave et vérifier ses accessoires. L'essence dans l'auto, le ticket de tram, les faux frais c'était pour sa pomme. Simplement, avant de partir, il nous interrogeait du regard et observait une tradition : hésiter, faire comme si cela lui pesait de nous laisser en plan, de nous sacrifier à son plaisir. Presque il renonçait, reposait déjà la valise, non, non, il n'irait pas, c'était trop cruel que de nous négliger. Tout ce tintouin pour qu'on fasse notre part de cette mascarade des tendres et impossibles arrachements, que maman condescende, ma sœur Françoise et moi étant inclus dans sa reddition, à l'accompagner avec fierté.

En fait maman ne condescendait pas, elle revendiquait son statut de femme de clown et donnait dans le genre patriote illuminée : nous n'allions pas au sacrifice mais au triomphe. Pour moi, oui, le sacrifice existait, la sortie obligatoire me pesait, il me faudrait encore ruser, me démarquer nettement des miens en ne leur adressant plus la parole tant que durerait le numéro, trahir. J'avais la queue basse et je me consolais à peine avec les douceurs, canapés rances et limonades fades qu'on nous servait parfois. Comme à des pauvres.

Ce que nous n'étions pas.

Mon père était instituteur, donc. Et populaire comme aucun de ses collègues, aimé des élèves de la communale, justement de cette navrante et inhabituelle vocation comique chez un honorable pédagogue.

Mon père était le plus triste des clowns tristes. Du moins en avais-je l'impression. Et qu'il se faisait mal exprès, se punissait d'une inavouable faute en se rendant si malheureux. Même, ayant feuilleté par pure perversion un catéchisme qu'il avait confisqué et oublié dans le tiroir de son bureau, je lui soupçonnais des envies de destin christique. L'imbécile idée fixe qu'il pouvait racheter par la douleur et le sacrifice je ne sais quoi de sombre, la face inavouable de l'humanité. En réalité, derrière son maquillage, ridicule, perdant son temps et sa réputation, sa dignité d'intègre fonctionnaire, à réjouir des ingrats, mauvais artiste et le sachant, il pétait de bonheur. Connement et admirablement, comme un pêcheur à la ligne, un chasseur, un joueur de pétanque…

Dans les années cinquante, début soixante. Nous roulions en Dyna Panhard, un long crapaud au mufle rond, jaune canari, à la banquette de skaï imitation zèbre et au bruit de casserole. Une bagnole de clown. Mon père se félicitait de son choix. Il était bien le seul. Les autres papas roulaient Citroën DS, Peugeot, Ford... Même Simca... ! Tiens, il aurait eu une Étoile Six bicolore, cette espèce de baleine rachitique à grands fanons, je lui aurais beaucoup pardonné. Mais là, une Panhard ! Souvent j'ai pensé qu'il nous emmenait, maman, Françoise et moi, parce que nous étions laids, qu'on allait bien avec l'auto, qu'avec nos cheveux jaune flamand, nos pifs en tromblon et nos lunettes rondes, on prolongeait la guimbarde. Je redoutais qu'il ne finît, un jour, par nous tirer en scène, enfin sur les estrades merdiques où il officiait les meilleurs soirs. Je craignais aussi qu'il ne nous offre, comme chez Pirandello, que je ne connaissais pas encore, le triste chef de cette famille de six personnages qui étale ses turpitudes domestiques à des acteurs, oui, je craignais qu'il ne nous abandonne à la malsaine curiosité d'une tablée de gosses de gaziers ou d'employés de la sécu. Ils nous auraient posé des questions à propos de nos malheurs, de nos turpitudes, et nos embarras leur auraient procuré des jouissances morbides. Ceux-là pourtant, je n'avais pas besoin de lui pour les fréquenter en classe et les envier d'avoir des pères normaux ! Même un beau-père indifférent, même l'amant paresseux d'une mère veuve et volage, c'était mieux qu'un étrange auguste avec une gueule d'original et une cervelle capable de résoudre tous les problèmes de robinets !

Le pire est arrivé alors que mon père m'avait comme élève, en CM2. Il a osé venir à l'école et faire sa classe avec, sous sa blouse grise, son bazar d'auguste, corset et tout le tralala. Quand même, le maquillage et la perruque, non plus que les tatanes, il n'a pas eu le culot. S'il avait osé, je crois que je me jetais sous un train ou devant les roues de la Dyna quand il la sortait du garage…

Il reste que, sur le coup, l'affaire m'a paru un début d'apocalypse. Mais j'ai été le seul à en être sur le cul : c'était de notoriété chez les grands de la classe du certif, ceux qui étaient déjà passés dans les pattes de mon père, qu'il se permettait chaque année, pas loin après l'Épiphanie, vers carnaval donc, la même incartade. On lui passait volontiers cette incongruité sans en connaître la signification vraie.

Mon père était un joyeux drille, voilà tout. On disait : un sacré. André, c'est un sacré ! Combien de fois l'ai-je entendu, avant qu'on ne s'aperçoive de mes tourments et qu'on se taise devant le gamin du sacré… Un sacré quoi ? Ceux qui employaient l'expression ne savaient pas plus que moi, je pense, et nul ne supposait que le doigt de Dieu se fût un jour posé sur mon père pour le sanctifier, mais le qualificatif, généreusement octroyé, faisait de lui un être à part.

De fait, je le sais aujourd'hui, il méritait la distinction, la légion d'honneur de la reconnaissance, et ceux qui croisaient au trottoir son regard doux auraient dû se découvrir. Parce que lui, il a passé sa vie à rendre hommage, à payer sa dette d'humanité, le plus dignement qu'il croyait. Trente ans durant il a eu le chapeau à la main, il a salué bas. Passé l'époque primaire, il me fut confusément sensible qu'il accomplissait ses tours de piste par devoir, rituel expiatoire, et aurait ri de l'ahuri qui lui aurait reconnu un talent d'auguste. Il se savait mauvais clown, n'éprouvait nulle honte à cet échec et prenait quand même plaisir à ses minableries. Mon père était un homme de douce obstination et d'intérieure nécessité.

Avec certitude, je ne l'ai su qu'après. Quand il a jugé qu'il était temps de m'affranchir.

C'est pas lui, mon père, qui m'a raconté le pourquoi, délivré de la malédiction de l'auguste. Son cousin Gaston s'est acquitté de la mission. Ou de la corvée.

Gaston. Un bon à rien dont ma mère plaignait le sort. Un James Cagney efflanqué, blond cranté, marié à une Nicole potelée qui s'esclaffait sans cesse. Ils tiraient le diable par la queue et n'en faisaient pas une histoire. Simplement, les dimanches quasi hebdomadaires où nous les avions à manger, vers le dessert, passé le bordeaux tum'en-diras-des-nouvelles, ils finissaient par se taire, leurs mains se nouaient sur la nappe damassée, Nicole soupirait un grand coup qui tournait au fou rire mouillé et Gaston essuyait ses lunettes. Et puis ils se laissaient aller, s'étreignaient, se vérifiaient la tendresse, et puis la vie, à bons gros bécots dans le cou. Sans pudeur ni honte, ni perversité. En bons sauvages.

Ils n'avaient pas d'enfants, n'en auraient jamais. On les enviait de cette possibilité d'éternelle lune de miel. Ils en crevaient.

Ces fois où on leur sentait partir le cœur, ma mère hochait la tête et mon père regardait ailleurs. Quant à ma conne de sœur, Françoise, elle faisait l'initiée, se composait des mines d'affligée inconsolable, des gueules de mètre étalon de l'universelle souffrance. Trop vieille pour son âge. Si elle avait pu, elle aurait versé dans les neuvaines pénitentes. Déjà elle pleurait avec beaucoup d'élégance, sans dégâts aux paupières, et à volonté.

Moi, leurs manières à tous m'emmerdaient. J'étais bon élève, promis à des avenirs, et tremper dans leurs émois de fin de banquet, c'était trop. Toutes ces simagrées étaient devenues, à mesure que je m'éveillais adolescent, à mes yeux de merdeux, des consolations de petits, le plaisir morbide d'un chagrin secret et moche, peut-être surestimé, bidon même, ravivé pour quelques intimes. Pitoyable.

Même les avancées de Gaston, les dimanches où il me proposait un baby-foot, ses tentatives pour s'offrir le côtoiement d'un gamin comme il en aurait bien voulu un, je les repoussais, ferme et incorruptible. Les propositions de Nicole pour m'apprendre à valser musette, les mains sur ses hanches et le pif dans ses lolos, n'en parlons pas !

Je m'étais lourdement trompé sur le compte de mon père, et pareil je m'aveuglais devant ce couple apparemment simple. C'est maintenant que je les sais admirables, Gaston et Nicole, que je devine ce qu'il leur a fallu serrer les poings pour survivre, et que je me foutrais des baffes de les avoir méprisés, d'avoir eu l'œil sarcastique devant les franges aux manchettes de Gaston, les pieds gonflés de Nicole qui ôtait sous la table ses escarpins éculés.

Nicole était belle. Aujourd'hui, m'examinant le souvenir, je le parierais. Je n'étais pas alors en mesure d'en juger. Je soupçonne toutefois que mon père l'avait remarqué. Et que maman n'était pas dupe de cette tendre tentation. Peut-être est-ce de cet amour-là, inavouable, qu'il mourait beaucoup quand il était clown. Quand bien même, il y avait prescription. Et maintenant... C'est oublié.

Bien évidemment, Gaston, Nicole ne sont plus. Ces pauvres vies ont cessé un matin ou une nuit, et aucune larme ne fut gâchée à les pleurer, pas une phrase à les regretter. En l'absence de mes parents déjà disparus, ils ont glissé au paradis des photos de famille, rares et infidèles, qu'on jettera quand on ne pourra plus identifier ce grand con à lunettes, coiffé à l'embusquée, et cette tendre bécasse dodue qui l'enlace, toute chose devant un parterre de roses. J'ai ces clichés en mémoire mais je ne les ai pas retrouvés dans mes tiroirs. Il aurait fallu que je demande à Françoise qui enseigne maintenant en

Normandie. Elle y a transporté et conservé les pénates de nos parents en allés tout pareil que Gaston et Nicole. Et plus tôt encore. La pieuse Françoise, la gardienne des bouts de ficelle et des fleurs fanées, l'éternelle émue de ce qu'elle n'a pas vécu, l'Emma Bovary des agrégées d'allemand, il m'aurait fallu l'aller visiter. Non merci. C'eût été l'apocalypse, les pourquoi et les à quoi bon.

Et puis je ne sais pas pleurer avec l'art consommé qu'elle déploie à laisser couler de nobles larmes. Je brais à gros bouillons, morveux et l'œil gonflé. Sans cette dignité du chagrin qui justifie sa cause par la beauté des effusions. Alors non merci. Gaston et Nicole je les garde tels que, lointains mais de plus en plus surprenants dans ma mémoire. Vivants.

Parce que… Oui, je disais que Gaston m'avait délivré de la malédiction de l'auguste… Mon entrée dans les secrets des grands s'est donc faite au bar du cinéma où on projetait *Le Pont*. Il me semble que c'était au « Tramway », ou au « Métro »… Une salle avec un nom de moyen de transport, ça j'en suis sûr, quelque part dans un quartier ouvrier, au revers de Roubaix ou de Tourcoing, à une époque où la ritournelle de la Fox et un esquimau chocolat vanille guérissaient encore les gosses du mal de dents. Un dimanche après-midi.

On s'était tassés dans la Dyna, trois sur la banquette avant, avec Nicole entre mon père et maman, et Gaston derrière, le cul à l'aise entre Françoise et moi. Tout le monde sur son trente et un, sent-bon et brillantine. Il y avait du solennel sur les figures, même celle de Gaston. Je subodorais l'événement exceptionnel sans pouvoir deviner, et il était clair que ma sœur non plus.

J'espérais que le film me donnerait la solution et j'en ai été pour mes frais. Pendant le générique de début, Cordula Trantow, la seule femme, et les autres, tous des noms allemands, il y a bien eu un petit émoi, côté Gaston-Nicole-papa on s'est poussés du coude, les fesses ont remué. Et puis plus rien.

Jusqu'à « Fin » et la lumière qui se rallume. On cligne des yeux, on est encore dans l'image, engourdi, et on piétine dans l'allée en pente, un peu ivre, en suivant les gens qui sortent, disent à mi-voix, en se déguisant l'émotion, que c'était pas mal, ils ont bien aimé, eux, cette histoire, de gamins débarqués dans une armée en déroute. Un gradé humain affecte ces gosses à la garde d'un pont sans importance stratégique et ils vont être assez cons, assez idéalistes pour crever à faire les grands. Insupportable mais sans rapport apparent avec nous, famille et associés, qui étions du côté des vainqueurs et dans le lot des survivants de la seconde guerre. N'empêche que j'étais tout noué de la glotte et Françoise avait des yeux de condoléances.

Au bout de cette descente de calvaire, sitôt dehors, dans le petit hall, nos dames ont voulu traverser s'acheter un cornet à la baraque à frites du trottoir d'en face. Pendant qu'elles sortaient, au passage obligé par le bar, Gaston et mon père ont échangé un regard et Gaston m'a arrêté, un peu plus loin que les pompes à bière. Deux tabourets ronds, une limonade, une pression. Gaston a soupiré fort. Un tel cérémonial, j'ai compris qu'il en avait gros à me dire et que c'était préparé, ordonné. Le Gaston était en service commandé. Mon père s'était affalé avec un demi au bas-bout du comptoir, où la fille qui déchire les tickets s'installe pour fumer sitôt la séance commencée. De tout le temps que Gaston a parlé, mon père n'a pas touché à son demi ni tourné l'œil vers la fille des tickets. Il se regardait en dedans, et c'était tout velours. Gaston, lui, la parole lui coulait, sans rancune ni haine, ni se pousser du col, simple et nu, à en baisser la paupière.

Le cousin Gaston parlait patois. Un patois que je comprenais parfaitement mais quand il m'a raconté, là, sur ce Formica tout fendillé, le pourquoi des fêlures de mon père, il s'est appliqué. L'exact de ses mots, ses barbarismes, j'ai presque oublié. J'ai réécrit. Et, sauf des expressions, des passages que j'ai encore dans l'oreille, j'ai fini par oublier la chair de cette langue, que Gaston faisait pas semblant, que ses mots étaient pas l'ombre des choses et des moments inhumains, mais qu'il m'ouvrait sa vie et m'offrait humblement tout ce qu'il avait, d'effroyables jardins, dévastés, sanglants, cruels.

… Fin 42, début 43, que c'était. Moi et puis ton père, par notre petit groupe de résistants, on avait reçu l'ordre de faire sauter tous les transfos de l'arrondissement. Et d'abord celui de la gare de Douai. J'ai même jamais su pourquoi…

Il a commencé son petit conte tout benoît, mon Gaston. De temps en temps, avant de revenir à moi, comme par une nostalgie de plouc, ses yeux glissaient aux vieilles affiches derrière le comptoir, sur la belle violence des cow-boys et les décolletés pervers des dames. Burt Lancaster, Virginia Mayo, Elizabeth Taylor, Monty Clift, et tous leurs copains, rien que des héros, des étoiles à baver devant. Ce que je faisais, comme mes copains les plus dessalés. Mais de ce jour-là, en regard de Gaston, de mon père, de Nicole aussi, ils ne m'ont plus rien été. Sinon de pâles mirages.

Dehors c'était soleil. Gaston parlait d'une époque où la nuit était la plus forte. Gaston en venait au fait :

… Les arrière-goûts d'hiver. Tels que par ici. Surtout du froid humide, de la pluie et pas lourd de lumière. La guerre par-dessus, les deuils, les restrictions et le sentiment que l'humiliation cesserait pas demain… Mais attention : les gens avaient beau avoir du gris à l'âme, ils tâchaient quand même de pas trop courber l'échine. Nous pareil. Que je te dise : la résistance, on s'y est mis, les autres je sais pas, en tout cas ton père et moi, pour rigoler, pas s'emmerder, en tout cas au début… Comme si on serait allés au bal… La fine ambiance *Horst Wessel lied*, fanfare militaire, ça nous donnait pas l'envie de danser. Alors, histoire de jouer notre propre musique, le sabotage du transfo de la gare de Douai, ton père et moi, on l'a fait aérien, façon musette, doigts de fée sur le piano à bretelles et allegretto. Un soir, à la nuit juste tombée. Comme des inconscients, sans précautions… Avec juste des cuirs d'électriciens et des sacoches d'explosifs. Parce que ça nous semblait la meilleure couverture... Parce qu'on pensait pas plus loin...

Boum ! On était en train de remonter sur la campagne par des voyettes et on a entendu le boum derrière nous, et puis ce qu'on dit d'habitude, feu d'artifice et tout le tremblement... Bon, on s'est dit, c'est fait ! Et on est rentrés dormir tranquille. On s'est même pas enrhumés en route !

Une petite douzaine d'heures on a cru qu'on s'en sortait comme une fleur. Comme chaque fois, juste en évitant de prendre des précautions... Comme à la loterie nationale : on gagne gramin seulement si on s'en fout de perdre. Comprends-tu... ?

En tout cas, là on a gagné le gros lot deux fois ! Une fois au soir quand on n'a pas été pris, et puis...

Au matin on s'est fait coincer dans la cave. Celle de tes grands-parents maternels. Au milieu des confitures et des bocaux de cornichons. Un vrai trésor. Tu peux rigoler, les frisés s'y sont pas trompés : l'homme pris sur un lieu de plaisir clandestin ainsi, avec des richesses autant plein les bras, c't'homme-là est forcément dangereux. C'est les cruautés du sort, parce que nous, ce que je te disais, même si on avait fait péter le transfo, pour paraître innocents on se cachait pas. J'aidais ton père à installer des étagères pour les conserves de légumes de sa future belle-mère. Quatre fridolins qu'ils étaient, à se bousculer dans le petit escalier et à nous tomber franco sur le poil. Le temps qu'on se retourne, ils nous poussaient au mur, les culasses des fusils claquaient et on s'est dit au revoir, André et moi. Vite fait, pas vaillants du jarret. L'héroïsme, le cœur à l'échancrure de la chemise, la *Marseillaise* que tu leur chantes à la gueule jusqu'au souffle dernier, tu peux toujours rêver mon garçon, c'est du roman. Dans la réalité, tu sais plus où regarder, quoi attraper que tu peux emporter pour toujours, quelque chose qui t'occupe les mains, les yeux, les lèvres. Le mieux c'est encore un visage de femme. On n'avait pas ça, nous. On n'avait que les cornichons. Alors pendant qu'ils nous mettaient en joue, qu'on entendait ta mère et la mère de ta mère hurler là-haut, et nos cœurs cogner, on s'est juste pris la main, André et moi, comme deux gamins à la sortie de l'école, pour pas partir tout seul, le regard bien sur les bocaux avec les cornichons géants, pas ceux au vinaigre, ceux en saumure douce, à la polonaise. Tu vois le tableau ? On attendait les détonations et la mort noire… Et tout s'est arrêté.

Un bruit de bottes dans l'escalier, un gradé essoufflé qui déboule gueuler *achtung* et *los* et *weg*, et miracle, on nous fusille pas ! Rien que des agaceries de crosse, et de la savate plein les guibolles pour nous aider à remonter plus volontiers. Et la peur elle est seulement venue là, de sentir qu'on aurait aussi bien pu ne plus rien sentir, elle est venue du coup qu'on se sentait survivre !

Plus tard, après de la marche à pied à travers tout le village, juste question de nous faire montrer aux gens derrière leurs volets, avec les lèvres pétées et le sourire bien écorché, après une promenade dans un camion, à plat ventre, ces messieurs ayant essuyé leurs bottes à nos côtes, plus tard, entrevue avec l'obermachin à l'Ortskommandantur… Tu vois où c'est ? Ben, dans la même rue que t'es né, rue Jean-Jaurès, le long mur du parc de la grande maison, en te mettant pas trop loin pas trop près, c'est encore nettement lisible « Ortskommandantur », en lettres blanches… La brique a bu la peinture, alors forcément, c'est resté… Et c'est pas plus mal : ça nous y fait repenser… ! Oui… on nous a emmenés là. Deux-trois palabres, une baffe ou deux, du mépris pleine lippe, et enfin on nous dit quoi, comment on appelle ça : le chef d'accusation ! Voilà : le chef d'accusation ! Loi du 14 août 41 ! Celle que Pétain il a fait passer le 22, après l'attentat de Fabien au métro Barbès, et qu'il a antidatée pour pouvoir exécuter légalement des otages et calmer ces Messieurs vert-de-gris !

Et tu devineras pas : loi du 14 août donc et, comme les copains de Paris à cause de Fabien, nous v'là otages à cause du transfo explosé ! Si fait ! Si dans trois jours les auteurs de l'attentat s'étaient pas livrés, on y passait. Pour de bon cette fois !

Tu vois l'ironie et l'impasse ? On pouvait pas espérer que quelqu'un se dénonce vu que les coupables c'étaient nous deux ton père et que ces cocus de frisés étaient tombés pile sur nous par hasard. De toutes les façons on était bons, on se faisait trouer comme otages ou comme terroristes, anarchistes ou communistes ! Loi du 14 août !

Ou peut-être ils nous avaient choisis à cause qu'on avait été assez niquedouilles pour se vanter d'être résistants, même rien qu'en douce, à éblouir quelques zézettes… Ils voulaient nous éliminer mais qu'avant on avoue autre chose en plus, qu'on donne des copains, ou je sais pas… Ou bien c'était une façon pas salissante de nous torturer, de montrer leur pouvoir à la population ? Non, même pas, rien de tout ça… On avait beau retourner tout dans nos caboches, se regarder, on comprenait pas qu'ils soient si finauds. Ce qu'on avait peur c'était la torture, la baignoire, la schlague… On n'était pas trop sûrs de tenir bon. Sûrement qu'ils voulaient pas gâcher de l'eau ou qu'ils nous prenaient pas au sérieux, parce qu'ils ont arrêté de nous parler. On a dû rester debout deux-trois heures de rang au milieu du jardin d'hiver, la grande verrière qui était devenue le bureau de l'Oberboche. Bouger chtrengue verboteune.

On tournait légumes.

Bien sûr, maintenant on sait bien qu'on a été choisis par les gendarmes français. C'est eux qui ont donné la liste des otages aux chleuhs ! Tu devineras jamais pourquoi ils se sont vengés de nous…

Enfin bon, au crépuscule, re-camion. Une grosse dizaine de minutes à rouler par des chemins plus défoncés que nous, et on nous jetait dans un trou d'argile, presque rond, profond et lisse de parois. Là-bas, au bord du Pas-de-Calais, un endroit où on tirait de l'argile pour une briqueterie et une tuilerie. Déjà désaffectées à l'époque. Ton père, il a dit que du temps des Romains, ou des Grecs, mettre des types au fond d'un ravin déjà ça se faisait.

La plus simple et la plus efficace des prisons. Même pas besoin de nous garder. Bien cruelle aussi la prison : un bout de temps qu'il crachinait, par petites bouffées, croisées avec des averses de pluie dure, et on pataugeait dans cinq-six centimètres de flotte, au fond. Pas moyen d'y échapper.

Je voyais bien que la peau allait nous peler d'humidité dans les godasses, qu'on allait se fleurir d'ampoules et d'engelures. En essayant de te mettre au sec sur le bas du contrefort, de grimper au mur, tu dérapais et tu te retrouvais le cul au frais, bien emplâtré. En réalité ça n'avait pas d'importance : pour arriver là, le camion bâché avait reculé à presque verser dans le trou, on nous avait poussés avec le canon d'un fusil dans les fesses et on avait roulé jusqu'au fond dans la bouillasse. Tous raides de crotte pareil. Alors les élégances !

Ton père, je me souviens, c'est là, il a parlé de grenades et d'effroyables jardins. J'ai pas compris, il a pas expliqué.

Plus tard, une fois tout seuls et les godasses déjà à tordre, on a levé et tassé, en raclant, en battant de la semelle, une petite digue plate où on avait le pied au sec. Oser plus, tenter la cavale, creuser un escalier à flanc de falaise et foutre notre camp, impossible : ça s'éboulait, ça t'échappait, ça te suçait le soulier, ou bien ça se modelait lisse à la main, aucune prise, du terrain traître. Admettons même qu'à force on soit arrivés en haut du trou, on pensait pas qu'ils nous auraient laissé aller aux fraises, les frisés ! On supposait qu'il y avait de la mitraille à l'affût quelque part et que ç'aurait été tout miel de nous canarder en train de fuir.

Alors on s'est contentés d'attendre, en veston, sous le crachin. Sans parler, le dos rond. Juste, la pluie nous a fait la toilette. Le sang une fois bien lavé, restaient que les bleus des gnons.

En fait, on était quatre, à piétiner trente mètres carrés en gros. Ton père avait arpenté le diamètre, grosso modo, et calculé l'aire, avec pi 3,14 et tout le tremblement. Résultat : trente mètres carrés. Ça nous faisait une belle jambe. Même qu'on aurait eu un empire à se partager, du moment que c'était pour y mourir et y être enterrés tout cru, la superficie exacte on s'en tapait. Parce qu'on se disait : crénom de cadeau, on a le plaisir et le privilège de visiter notre propre tombeau ! Bien sûr, couillon, même pas besoin de gaspiller des balles, ou alors juste pour nous estropier, qu'on n'ait pas la force de se rebiffer, perdus pour perdus. Après, rien qu'en nous faisant tomber l'argile dessus à coups de talon, une petite escouade nous fouissait au fond en moins de deux !

Les deux autres, Henri Jedreczak et Émile Bailleul, c'étaient des vrais otages, eux... Innocents je veux dire. Vu que nous autres, ton père et moi, on était otages coupables. Raclés, Henri et Émile, sur le carreau de la fosse 2 à la sortie du poste du matin. Mais pas par hasard. C'est là, à parler dans notre trou, qu'on a commencé à comprendre comment les boches avaient choisi et qu'Émile et Henri se retrouvaient à faire troisième et quatrième. Les chleuhs avaient raflé dans un groupe constitué : les otages c'était une partie de l'équipe de foot de chez nous ! On y jouait tous les quatre et on se connaissait forcément. Ton père faisait goal, moi ailier gauche, les autres peut-être arrière et demi-droit, je sais plus. Mais que ton père et moi on mettait nos sabotages au point sous la douche d'après-match, et qu'Henri et Émile étaient pas de nos belles folies, ça je m'en souviens bien... Sauf que, quelqu'un de l'équipe qui nous aurait dénoncés, on voyait personne d'assez moche... C'est seulement après guerre qu'on a su le fin mot : les gendarmes ils étaient pour l'équipe de foot d'Hénin-Liétard, et nous, les footeux d'Hénin, on les avait battus trois-zéro au premier tour de coupe de France en 39 ! Alors, ils ont vengé leur honneur comme ils ont pu... En nous désignant comme otages... Quatre sportifs du dimanche, choisis par leur propre maréchaussée, présumés innocents et fusillés à cause de la lâcheté de saboteurs terroristes, nos cousins fritz voyaient ça bien cruel, donc bien réjouissant. Forcément, présentée ainsi, notre mort gratuite, elle allait frapper les imaginations et faire serrer les fesses à tous !

Henri et Émile, ils comprenaient pas c't'encrinquage de terreur. Ils nous saoulaient de pourquoi et de ah mais... Si le transfo c'est vous, dites-le, puisque de toute façon, vous allez crever, alors autant que votre mort serve à nous sauver… Et puis même si c'est pas vous, si vous vous sacrifiez, vous sauvez vos copains de la résistance… Ça n'en finissait pas de bla-bla, de raisonnements qui se mordaient la queue. Nous deux ton père on leur a dit qu'ils n'avaient qu'à nous dénoncer, quand les chleuhs reviendraient, qu'ils osent ça… Nous, on les regarderait si rancuneux qu'on les croirait, Henri et Émile, et qu'ils seraient épargnés. Qu'ils fassent ça s'ils pensaient s'en tirer à ce prix. Ton père disait que ça ne lui coûtait rien : il était sûr qu'on y passerait tous, quoi qu'il arrive et qu'il fallait admettre cette mort bientôt.

Ça leur a fait honte, à Henri et Émile, ils ont dit que c'était histoire de parler tout ça, qu'ils pensaient à leurs femmes… Et ils enchaînaient… C'est vrai qu'ils étaient mariés, pas nous, mais qu'ils étaient avec nous, même si on était coupables… Et on remettait trois thunes dans le manicrac ! Des rebusilleries, des repensées, à tourner fou… Parce que si c'est vous autres… Nous deux ton père, on aurait bouffé nos licences de foot. Il aurait fallu le faire dès la déclaration de guerre, pas jouer à la balle avec des honnêtes gens comme Henri et Émile. En des temps pareils, le sport c'est trop dangereux. À preuve… Ah ah ah !

Qu'est-ce que je disais ? Oui…

Donc on s'est retrouvés à quatre. Sur les trois heures d'après-manger, avec justement rien à manger, la tremblote de froid et d'humidité. Et soixante-douze heures à vivre. Et pas grand-chose à se dire parce que, forcément, si on avait avoué le transfo, ton père et moi, les deux autres l'auraient eu mauvaise de nous devoir l'enfer et sûrement ils auraient quand même tenté le coup de nous dénoncer. À qui, tu vas dire. Vu qu'à écouter le silence autour, les oiseaux et ce qui courait de bestioles peureuses alentour de notre trou, on était seuls en rase campagne. Peut-être même qu'on nous oublierait ? Qu'on pourrait s'affairer tranquilles à s'évader… Ça nous a traversés, l'idée qu'on pouvait y croire.

On ne l'a pas cru longtemps.

Parce qu'il faisait encore jour quand de la terre a boulé le long de la paroi, à l'ouest. On a levé le nez et il était là. Dos au crachin, jambes pendantes dans ses bonnes bottes, fusil en bandoulière, la capote bien boutonnée, assis sur des sacs, au bord de notre trou. Casque à ras le sourcil et un sourire large et benêt tu peux pas savoir comment. Notre gardien. Finalement, ils nous en avaient envoyé un. Un demeuré des tourbières, un simplet ! Sûrement parce qu'il était infoutu de faire autre chose ! En tout cas, même gardés par un niais, pour l'évasion on était refaits !

Il nous regardait croupir, comme ça, d'en haut, les mains aux genoux. Et tout d'un coup, tu sais pas, il nous a fait une grimace ! Une grosse, une de gosse, les yeux tout riboulés, et la bouche bouffée en cul de dindon ! On en est restés comme deux ronds ! Il nous aurait insultés, bombardés de cailloux, pissé dessus, c'était dans l'ordre, rien à redire. Mais là, se payer la figure d'otages, faire le môme pour des hommes qui vont mourir, c'était indigne, insupportable ! On a commencé à essayer de lui jeter des mottes de glaise mais ça ne servait à rien : elles nous retombaient en pleine poire ! Et, par-dessus le marché, l'ostrogoth sort son briquet, son casse-croûte ! Juste un quignon… Mais tu parles qu'on salivait devant ! Et toujours d'une façon à pas croire, avec des efforts énormes, comme si sa poche elle avait trois kilomètres de profond, qu'il y avait des bêtes dedans qui lui mordaient les doigts ! Il poussait des kaïk kaïk, des petits cris de frayeur ! Alors là c'était vraiment trop ! Jouer comme ça avec la nourriture devant des affamés, nous narguer : on l'aurait tué ! On pouvait pas s'empêcher, on était là, à baver devant le manger, à se dire que ce salaud se payait notre fiole et qu'on allait y passer… Mais en même temps, tu penses ce que tu veux, qu'on était des inconscients, des moins que rien ou quoi, mais en même temps on n'a pas pu tenir, ni les autres ni moi. Je crois que ton père a rigolé le premier de la dégaine de notre gardien et on n'a plus résisté. On a tous pété de rigolade. Ah, ah ah !

Plus on se bidonnait, là au fond, plus lui, il avait du mal à tirer son pain de sa poche. À peine sorti, à peine il avançait les dents pour surprendre la tartine qui pointait, sa capote la lui réavalait et il en gémissait, se mordait les doigts, faisait semblant de prendre son parti, de plus penser à manger, rêvassait trois secondes, et puis hop, tout d'un coup, par surprise, il remontait à l'assaut de sa poche ! Jamais j'ai tant ri, ton père non plus, je le sais. La chasse à la tartine ! On en avait les larmes aux yeux. Et jamais on n'a pleuré avec autant de plaisir.

Qu'on allait crever, on n'y pensait plus. Non, on n'y pensait plus, on était encore des gamins à ce point et, lui, il était rigolo à ce point…

Et puis d'un coup, notre ami Fritz, on le voit se lever d'un bond, au bord du trou, plonger ses mains dans ses poches et en sortir des tartines roulées dans des feuilles de journal ! Six qu'il allait s'en goinfrer l'animal ! Et puis les tartines, il se met à jongler avec ! Et rudement bien : elles ne glissaient même pas de l'emballage journal !

On en avait la gueule ouverte, nous en bas, et la bave aux babines ! Et puis il en loupe une, de tartine, la rattrape de justesse, nous, tu penses bien, déjà on avait tendu les bras, sûrs qu'elle était pour nous, la tartine, mais non, le salaud il l'a rattrapée quand on aurait dit que c'était plus possible ! On en a gueulé à avoir honte, d'instinct, comme des chiens que tu fais languir avant de leur jeter le nonos, et lui du coup, le vert-de-gris, ça le trouble, tout son jonglage se met à merder ! Il s'est cru trop fort à nous faire la nique, et toutes les tartines tombent dans le trou, de Dieu la pluie de tartines nous tombe dessus ! Tu penses que nous, on n'en a pas loupé une ! Des tartines comme la main, et du pâté et des cornichons dessus, peut-être ceux de la cave ! On y a pensé je te jure, qu'ils nous avaient pillé les conserves après nous avoir emmenés. Tant pis, c'était si bon qu'on a léché le papier journal des emballages. On en a eu la gueule imprimée, le temps que la pluie, la vraie, du ciel, nous relave, comme elle avait lavé le sang. Nom de nom, on était fiers, on s'embrassait, on lisait à haute voix une page encore potable, avec des dessins, une histoire de Cafougnette qui rentre chez lui après un match de foot, saoul perdu, et qu'il dit à sa femme qu'il est allé chez son copain être la preuve vivante qu'il était bien au match avec lui ! On a ri, on a ri ! Saouls perdus on ne le serait jamais plus à s'exploser les boutons de rigolade, mais on riait notre dernier rire, on l'avait eu notre frisé, à la ruse, à l'estomac, à la démerde, on lui avait piqué ses provisions de soixante-douze heures. Ça lui apprendrait la cruauté gratuite et le respect d'autrui, non mais !

Lui il s'était rassis et avec l'ombre, la nuit venue d'un seul coup pendant qu'on dévorait, on ne voyait plus que sa silhouette, plus sombre que le ciel, même pas son regard sous la visière du casque. Et on riait moins : bien sûr qu'il avait fait exprès, son numéro, encore pour nous torturer à petit feu. Ces tartines elles étaient pour nous, c'était notre dû, peut-être notre dernier repas. Jongler avec, risquer qu'elles tombent dans la boue, s'en foutre de nous, c'était vraiment de l'offense ! Mais bon, on n'allait pas grognouter dans le noir ni se gâter la digestion à bertonner là-dessus.

Au matin, on a vu ses yeux. Le soleil s'est levé en plein dedans. Il n'avait pas bougé de la nuit. Et c'était pas le regard d'un idiot ni celui d'un bourreau. Nous on claquait des dents, d'avoir dormi tout recroqués l'un sur l'autre, d'un seul œil, moitié debout moitié accroupis contre les parois du trou. On en avait des cataplasmes bouseux plein le paletot et le froc. Émile pleurait tout bas et Henri, le regard perdu, se parlait en polonais. Ton père était gaillard pourtant. Il a levé la tête, et je me souviendrai toujours de sa voix, comme à un premier matin de vacances à la mer :

– Serait-il possible qu'on nous serve le petit déjeuner ? qu'il a dit au feldgardien.

Et l'autre, aussi sec, qui répond :

– Tu sais, vieux, à l'hôtel des courants d'air, le déjeuner c'est du vent !

Aucun accent. Rien. T'aurais juré un Français. Et appeler ton père « vieux », comme un copain de toujours… On n'a pas trouvé catholique ! Au point qu'on a cligné des yeux : des fois que les frisés nous auraient fait surveiller par un milicien… Mais non, l'uniforme était vert-de-gris, Wehrmacht.

– Je m'appelle Bernhard. On dit Bernd. Sans rigoler, je vais essayer de vous trouver… comment vous dites ? « Dégoter » quelque chose à bouffer… Le pain d'hier soir c'était mes rations de l'intendance… Mais je peux pas piquer de la graille tout le temps au même endroit… C'est moi qu'on mettrait dans le trou, à la fin !

Dit avec sa foutue grimace zyeux de traviole et bouche en croupion, et une voix de gamin trouillard ! Irrésistible !

Plus tard, ton père et moi on s'est vraiment méfiés. Sur les débuts de l'après-midi. L'idée nous est enfin venue que ce type, Bernd, parlant français, gentil, apitoyé, fin chien et tout, il essayait qu'on soit suffisamment cons pour se confier, et donner le réseau, et les planques d'armes, et les prochains sabotages… Et puis quoi encore ? C'était un peu tard d'y penser et de se rendre compte mais, heureusement, le mal n'était pas fait, on n'avait rien laissé filtrer.

On n'a même pas rien dit pour remercier quand il est parti une petite bouffée, et puis qu'il est revenu nous faire descendre des patates cuites à la cendre ! Cadeau béni ! Évidemment, avant la distribution de patates, il a pas pu s'empêcher de jongler avec. Incorrigible. Ce Bernd, il passait son temps à faire l'âne ! On a ri mais on n'a rien dit.

Pendant qu'on se dévorait les patates, il tenait son fusil comme une trompette. Un saxo plutôt. Il soufflait dans le canon en imitant un petit air. T'aurais dit sans y penser, comme si tous les jours il s'était servi de son fusil pour faire de la musique ! À peine quelques secondes… je ne sais même pas si les autres ont eu le temps de voir… moi je l'ai vu : son pouce sur la détente, pas loin de se foutre une balle ! Et puis il m'a vu le voir, il m'a fait sa grimace de bruant, et voilà tout… Restait rien qu'une zique de brume dans le fond de ses yeux…

On a dévoré nos patates.

Là-dessus, juste qu'on se léchait les doigts, une petite patrouille est arrivée. S'est mise en position au bord du trou, fusils braqués. Avec un Feldwebel, un truc ainsi, peut-être bien plutôt un colonel, en culottes de cheval, les poings aux hanches et vraiment l'air pas content de perdre son temps. On s'est dit que ça y était cette fois, l'exécution était avancée, adieu le jour, adieu mes vieux, j'aurai pas servi à lourd, même pas eu d'amour, est-ce que je vais avoir mal, est-ce que je vais pisser dans mon froc, où vont-ils nous enterrer, que vont dire mes parents, et la femme qui m'aurait aimé comment elle aurait été, son prénom ç'aurait été quoi ? T'as tout ça qui te passe derrière les yeux, vite, et puis tu trembles et t'es pas faraud je t'assure… Tu penses que tu vas crever à vingt ans et que c'est pas la mode…

Émile était tombé à genoux, il pleurait tout ce qu'il pouvait en poussant des petits couinements qui lui secouaient les épaules. Il avait une tête de danseur de tango, je me souviens, ou de danseuse, avec les accroche-cœur au front. Ou bien c'était la pluie qui lui faisait rebiquer le cheveu. Mais je me souviens bien de ça… Et qu'Henri disait ses prières en polonais, tout droit, paupières baissées, mains jointes, doigts croisés, avec son veston et son pantalon de bleu qui lui pendaient dessus, tout mouillés… Et que je te récite le bla-bla en polak… On n'entendait pas bien parce que l'autre là-haut s'était mis à gueuler en allemand. On savait même pas après qui il aboyait ainsi. J'ai posé ma main sur l'épaule de ton père, ou bien c'est lui, enfin, je dirais qu'on s'est tenu les bras et on s'est embrassés, salut André, au revoir Gaston, et puis rien, vu que je croyais pas en Dieu, ni lui non plus. Et puis on est allés essayer de relever Émile, de le tenir debout entre nous, à côté d'Henri, pas partir comme des péteux, mais bien en rang, comme à la fin des matches tu vois, quand on saluait le public…

Bernd il était deux pas à l'écart. La bretelle du fusil coulait doucement de son épaule, et, tête baissée vers nous, il nous regardait droit, écarquillé, comme un qui veut se souvenir de tout, garder la scène imprimée profond dans les yeux.

On a eu l'impression que le silence se comprimait, qu'il devenait plus serré, plus d'oiseaux, plus de vent, plus le gémissement sombre de la terre, l'impression que le temps coinçait et laissait la place à la fusillade. Et puis non. Tout ça, la vie, c'est revenu. Un geste du gradé et les types du peloton se sont ébroués dans leur capote. Encore une fausse alerte ! Le gommeux à casquette et culottes bouffantes a gueulé des trucs et fait signe à Bernd de traduire. Au soir, un de nous serait exécuté si un coupable ne s'était pas dénoncé à la Kommandantur. À nous de choisir lequel.

Aussi sec demi-tour droite et ils sont partis. On les a entendus encore une petite minute parler et rigoler et siffloter en s'éloignant dans la campagne mouillée. Jusqu'au camion. Garé si loin qu'il a fallu presque deviner le bruit de son moteur. Seulement à ce moment-là, Bernd a manœuvré la culasse de son fusil. Je ne sais pas bien s'il faisait monter une balle ou s'il désarmait. J'y connais rien. Mais il était tout pâle.

Fin d'après-midi.

Tu parles d'un répit ! C'était rien qu'une paire d'heures de plus à se manger le sang ! Et à se bouffer entre nous pour dire qui y passerait en premier.

On a décidé de tirer à la courte paille. Émile et Henri hors du coup, ça va sans dire. Ton père a serré deux bouts de racines blanchâtres dans sa main et me les a tendus. Eh ben, c'est drôle mais Émile a pas accepté. L'instant d'avant il était prêt à faire Berlin à genoux pour avoir la vie sauve et là il le prenait mal, comme une insulte, qu'on lui refuse une place dans ce choix de merde. C'était un impulsif, Émile, un sensible. Tant qu'il était pas au pied du mur en vrai, que c'était seulement des busilleries sur le danger, il était courageux comme personne. Mais c'était le genre à tomber pâle devant un fauteuil de dentiste ! Alors tu penses, un fusil braqué ! Henri, lui, pendant la chamaillerie, il regardait et il a fini par dire :

– Laisse tomber, Émile, tu vois bien que c'est eux…

– Eux quoi ?

Il ne comprenait pas, Émile. Henri lui a mis les points sur les i.

– Les gars du transfo. Les coupables. Sinon, pourquoi ils nous feraient une fleur ?

– Je vous l'ai dit : parce que vous êtes mariés, a répondu ton père.

– À mon avis, quelles que soient vos responsabilités dans le sabotage, vous avez tort de marcher dans la combine du Herr Oberst… L'idéal est de l'obliger à vous fusiller tous ou aucun… Si vous lui offrez une victime expiatoire, vous collaborez, vous le justifiez, sa proposition de choix inhumain devient raisonnable, presque charitable…

Tous ces mots, tellement beaux, recherchés, que je m'en souviens comme des étoiles, c'était Bernd, assis à nouveau au bord du trou. « Victime expiatoire, choix inhumain… »

– T'en parles à ton aise, a dit Henri. Vaut mieux en sacrifier un pour en sauver trois que faire les fiers et y passer tous les quatre !

– Consentir à autrui le pouvoir de vie et de mort sur soi, ou se croire si au-dessus de tout qu'on puisse décider du prix de telle ou telle vie, c'est quitter toute dignité et laisser le mal devenir une valeur. Pardon d'être, avec cet uniforme, du côté du mal !

Et il s'est écarté, un peu plus loin, qu'on ne le voie plus de notre cul de basse fosse. Ton père a jeté ses bouts de racine et on a attendu en silence. Jusqu'à ce qu'une bouteille dévale le long d'une paroi et vienne s'échouer en pleine boue. Du genièvre, du schnaps, un alcool blanc, la bouteille presque à moitié. Le temps de lever les yeux, Bernd avait déjà redisparu. Ton père a crié « Merci ! » et je crois qu'Henri a été le premier à boire.

À l'après-midi déclinant, ils sont revenus. C'est comme ça qu'on a su l'heure approximative. On allait mourir avec le jour. La bouteille était finie depuis longtemps.

Culottes de cheval en premier. Il s'est installé au bord du trou, jambes écartées, mains croisées sur les reins, tout morgueux. Et sa petite troupe est arrivée derrière. Quatre avec une pelle de sapeur en main. Ils ont regardé le gradé, un signe, et ils se sont mis à pelleter, à ébouler. La gadoue, les plâtrées d'argile nous tombaient dessus. Ces animaux-là, ils nous enterraient vivants ! Je crois bien que Bernd a essayé de leur demander quoi, peut-être de les empêcher, mais il n'a pas eu le temps de traduire, Émile, la trouille verte ça l'a repris, il a failli tourner fou, il a commencé de hurler, la gueule ouverte, en s'esquintant à chercher à remonter les parois et on a cru que jamais il s'arrêterait ! Il a fallu un coup de revolver pour le faire taire ! Net ! Une seconde, on s'est crus morts ! Et non ! Le gradé avait tiré en l'air, l'écho courait encore, et on a entendu Bernd répéter :

– Vous êtes sauvés les gars, vous êtes sauvés ! Ayez pas peur ! Ils font seulement tomber un peu de terre parce qu'on n'a pas de cordes sous la main et l'échelle du camion est trop petite… !

Et les autres rigolaient plus ou moins en secouant la tête. Comme si quand on est condamné à mort, et déjà les deux pieds dans sa tombe, on peut comprendre qu'on nous balance de la terre dessus pour nous sortir de là ! À notre place ils auraient trouillé pareil, les frisés !

Donc on a reculé, le temps de les laisser ébouler assez de bédoule pour une levée, et puis on nous passe l'échelle, et puis on remonte, barreau par barreau, l'engin branlant avec ses pieds qui s'enfoncent, toujours à deux doigts de retomber au fond. Tellement que Bernd qui essaie d'attraper la main d'Émile, passé en premier, bascule, que tout le bazar, l'échelle, Bernd et Émile valdinguent au fond ! Alors là moment d'émotion là-haut, armes en batterie et tout, mais nous on se contente de relever Bernd tout plein de brin, de lui rendre son fusil… Et puis de se voir lui et nous, comme ça, au fond, prisonniers pareil et pareil merdeux, on réclate de rire… Évidemment les autres, là-haut, ne comprennent pas, Culottes de cheval hurle des trucs et faut bien se calmer, arrêter de se taper les cuisses, et redresser l'échelle et allons-y, on tient l'échelle le temps que Bernd remonte, et c'est à notre tour… Plus ça va, plus l'engin berloque, mais on y arrive, même s'il fallait se tenir avec les dents on y arriverait, et Bernd nous tend la main pour nous tirer parce que c't'échelle est pas encore assez haute. Et puis voilà, on est à nouveau sur terre. Tout réhus, à pas savoir quoi, rien qu'à se toucher, comme des gosses qui ne veulent pas se perdre.

Le camion est garé là-bas et on y va. Bernd est devant, il se trimballe quatre pelles : ça fait autant de soldats qui peuvent garder le fusil braqué sur nous. Culottes de cheval marche derrière.

Après, dans le camion, parce qu'il était aussi brenneux que nous, Bernd était assis par terre avec nous, entre les pattes de ses copains alignés sur les bas-flancs. Ton père lui a demandé son nom et ce qu'il faisait dans le civil. Bernd, il a souri :

– Je m'appelle Bernhard Wicki et je suis clown.

– Ah, clown !

Bernd il a fait une petite grimace, comme pour s'excuser :

– Auguste, avec une perruque rouge et un gros nez…

– Moi je suis bien instituteur, a dit ton père. Comme ça, tous les deux, on fait rire les enfants… Et pourquoi on nous gracie ?

– Un homme s'est dénoncé pour le sabotage du transformateur. Il a déjà été fusillé…

On n'a pas pu continuer : Culottes de Cheval a crié par la lunette de la cabine et Bernd a traduit, en gueulant aussi pour faire bonne impression, de la fermer, sinon ! Et on a resté ainsi jusqu'à une petite gare avec des wagons à bestiaux qui attendaient.

Ce coup-là on n'est pas morts mais on a quand même été déportés. Jusque dans un camp de triage du côté de Cologne. D'où on s'est évadés, nous quatre et une dizaine d'autres types, en passant bien en rangs, à pied, au pas, devant les sentinelles. Ces idiots, ils ont cru qu'on allait en corvée officielle quelque part ! Et à nous la liberté ! Le plus drôle, tu sais pas… Si, bien sûr que tu sais. Cette histoire-là, ton père te l'a déjà racontée, qu'on est rentrés par la Belgique, qu'on est restés deux nuits dans un couvent, avec des bonnes sœurs qui n'avaient même pas peur qu'on les viole ! Et puis, et puis… Qu'on se met à la résistance à plein temps, à plus savoir le jour qu'on est, ni qui on est, juste qu'on veut continuer à être des hommes…

Émile est mort en 49, bêtement : il s'est jeté sous un train des houillères parce que sa femme voulait plus de lui. Qu'on a dit… Henri ça faisait déjà longtemps qu'il était reparti en Pologne. Si ça se trouve, il vit encore et il raconte la même histoire à ses gosses.

Ce matin-là, où on a été graciés, et déportés, il s'en était passé de l'événement. De quoi ne pas mourir. En réalité, cet homme qui s'était dénoncé pour le transfo de la gare de Douai, il n'avait jamais été avec nous. Même avec personne des réseaux de résistance. C'est sa femme qui l'a donné aux chleuhs. Elle n'était pas non plus de la résistance, ni cocue, et normalement elle n'avait pas à nous sauver. L'affaire du transfo avait fait du bruit, les boches ont crié à la trahison, les gens ont eu peur, mais elle, non, au contraire, ça l'a décidée à ne pas laisser faire, pas dire amen à des assassins. Au moment où elle a su que les frisous avait pris des otages, qu'ils allaient être fusillés, il se trouvait que son homme à elle, à peine un petit mois après leur mariage, était à l'agonie. Une question d'heures. Il n'avait même plus la force d'un bisou. Par le fait, elle s'est dit que sa dépouille mortelle, à son homme, pouvait encore servir à quelque chose. Et elle est allée le dénoncer comme saboteur à la Kommandantur !

Naturellement, les frisés ont commencé par rigoler : des belles femmes qui faisaient pousser des cornes à leur mari, ils en voyaient tous les jours, mais une qui voulait s'en débarrasser en le faisant exécuter pour terrorisme, ils demandaient à voir de près ! Tu parles qu'ils ont couru tout raconter à l'homme de cette femme, lui demander confirmation. Ils l'ont trouvé avec juste encore un petit fil de vie, même pas de quoi se maintenir jusqu'au soir. Donc ils ne comprenaient plus : elle n'avait qu'à attendre même pas une journée et elle était libre, cette femme ! Et pourtant lui, l'homme, sur son lit de mort, il a confirmé, il a dit que oui en regardant sa femme bien dans les yeux, oui il était le seul responsable du dynamitage du transformateur. Et qu'il payait pour son acte mais ne regrettait rien. Ça, ça les mit en rogne, les schleus, ils l'ont tiré de chez lui, attaché à un poteau et fusillé quand même, avec ses pansements qui volaient sous les balles et l'immense plaie de son corps brûlé !

Voilà pourquoi les boches nous ont relâchés. La femme ils l'ont vraiment crue et l'homme aussi. Tu sais pourquoi ? Il travaillait à la compagnie d'électricité et il avait été brûlé dans l'explosion du transfo ! Mais brûlé à l'os… Et le plus beau de tout : c'est nous qui l'avions tué cet homme-là et c'est encore lui qui nous sauvait la vie ! On avait fait sauter le transfo de la gare sans savoir qu'il était dedans ! Il nous avait vu entrer dans le local, déguisés en électriciens et, bon, lui c'était un employé sérieux, un petit peu coincé, il n'avait surtout pas pensé au sabotage, il avait juste cru qu'on voulait voler le cuivre du transfo ! Seul contre deux, il n'a pas osé intervenir ; il a attendu qu'on sorte pour aller vérifier et alerter la compagnie si nécessaire. Et boum ! C'est des cheminots qui l'ont trouvé tout de suite, brûlé au dernier degré. Ils le connaissaient, ils ont cru qu'il avait trinqué pendant son propre sabotage et ils l'ont ramené en douce à sa femme, qu'il ne soit pas pris par les boches. Même, après la guerre, il y a eu des gens qui voulaient donner son nom à une rue, comme résistant et martyr. Sa femme a refusé. Tout net et sans dire la raison.

Sauf évidemment l'histoire du nom de la rue, tout ça on l'a su une fois évadés mais évidemment, fallait se mucher, vu qu'on était réfractaires au STO, ton père et moi, alors on est devenu mineurs, des gueules noires, pas reconnaissables, tout notre temps sur le carreau de la fosse ou dans des corons chez des résistants… Et puis les dynamitages, les sabotages… Ça fait, la veuve, on n'a pas eu le temps d'aller lui dire merci avant la fin de la guerre…

Un dimanche. Clair. Ton père il recommençait instituteur et moi électricien. Vivants. On s'était mis en trente et un, cravate et souliers cirés, des bouts de carton au fond à cause que les semelles étaient percées, mais ça ne se voyait pas, et chacun son bouquet à la main. Des roses du jardin de tes grands-parents. On a posé nos vélos contre sa façade et buqué à sa porte. Une petite maison, au début de la rue de Belin, à Douai.

Elle ouvre et on est là comme deux cons, à respirer fort et serrer les dents parce que si on parle on va braire comme des madeleines, et elle, elle prend un coin de son tablier, s'essuie les yeux et nous prend dans ses bras. Tu peux pas savoir… On est restés avec elle tout l'après-midi, on lui a coupé du bois et on a bu de la bière qu'elle faisait elle-même. Et on a parlé, parlé… Au soir on en était tous les deux amoureux finis…

Elle s'appelait Nicole. Encore maintenant d'ailleurs. Sinon qu'aujourd'hui elle est mariée avec moi…

Et voilà. Gaston a fini le fin fond éventé de sa bière tiède et tout a été dit. Il avait son sourire à la Laurel, plissait l'œil de m'avoir roulé dans la farine en dévoilant le plus tard possible le plus beau de l'histoire, le rôle de Nicole, et il goûtait l'alangui du dimanche finissant. Au bout du comptoir, Nicole était revenue, son cornet de frites mangé depuis longtemps. Elle regardait mon père et Gaston et ils la regardaient, et les mots entre eux c'était pas la peine. Ma mère avait sa tête de quand elle a mal aux pieds et ma sœur son air de maguette. Moi je regardais le nom en haut de l'affiche du *Pont*, le film que nous venions de voir : « un film de Bernhard Wicki ». Le gardien des otages. Le clown-soldat.

Avec sa perruque carotte, mon père a donc vécu chapeau bas. Dans les deux sens de l'expression puisqu'il n'a jamais porté de couvre-chef. Et la Dame Noire l'a pris un jour de frimas, peut-être par erreur, parce qu'il arborait, pour m'attendre à Lille dans une gare à courants d'air, une casquette neuve. Moi-même, à la descente du train, apercevant ce corps à demi caché par les secours d'urgence qui tentaient un massage cardiaque, je n'ai pas pensé qu'il pût s'agir de lui. Pas avec cette casquette renversée à son côté, comme pour demander l'aumône après un dernier numéro.

Ta valise, je l'ai, papa. Elle est dans le filet du TGV qui m'emporte de Bruxelles à Bordeaux, via Lille. Tout l'échantillonnage des cosmétiques Leichner au complet, les fards gras, les crayons rangés par couleurs, tels que tu les as laissés, et puis le vieil harnachement de piste. Si mes collègues hauts fonctionnaires européens de la commission des finances voyaient mon bagage et connaissaient mes desseins ! Sûrement, ils me croiraient sorti des gonds, victime d'une femme dédaigneuse et fou d'amour déçu. Ils auraient des pensées convenues, comme chaque fois qu'ils pensent.

Tout cela papa, la valise de frusques, tes frasques d'instituteur-clown, le pauvre récit de Gaston, c'était rangé, enfoui à mes placards intimes. La sourde trace de notre rendez-vous manqué en gare de Lille, mon cauchemar familier.

J'ai tout ressorti, tout épousseté.

Demain, ce sont les heures ultimes du procès d'un type honorable, à en croire certains emmédaillés, bien qu'il ait commis, çà et là, sous une autorité autoproclamée « gouvernement de l'État français », durant les balbutiements d'une carrière qui commençait au secrétariat de la préfecture de Bordeaux et deviendrait celle d'un grand commis de l'État, quelques crimes, mais si fugaces à dire le vrai, si involontaires et si tôt regrettés ! Mais tout de même des crimes contre l'humanité... Parce que Vichy a eu lieu, parce que les parenthèses n'existent pas dans l'Histoire, que l'humanité profonde, la dignité, la conformité au bien moral échappent au droit, à la légalité ! Il me semble ainsi que ce train m'emporte au procès d'un ogre et d'un monstre. Et qu'il est de mon devoir de t'y représenter, papa, ainsi que Gaston, Nicole, Berndt et les autres, ces ombres douloureuses, d'où qu'elles soient, parce que cet homme-là, qui tente de faire de son procès une mascarade, qui joue les pitoyables pitres, aucun des ennemis d'alors ne fut pire et beaucoup d'entre eux l'auraient haï de trahir toute dignité.

Alors on va voir si la dignité d'un prétoire qui a laissé un tel bourreau jouir d'encore des miettes de liberté, comme s'il avait en capitalisation indivise tout le temps, toute l'éternité volée à ceux qu'il déporta, on va voir si cette dignité splendide d'hermine et de pourpre s'accorde du sens du macabre et de l'humour. Le nom de l'accusé ? Je me souviens, à peine, d'un écho brutal, comme d'une gifle méprisante, et, et même cela je veux l'avoir oublié demain, pour ne garder en mémoire, que ceux des êtres qu'il déporta de la vie.

J'aurai demain aux yeux de grands cernes soulignés de noir, aux joues un plâtras de faux macchabée. J'essaierai, papa, d'être tous ceux-là dont les rires ont fini dans des forêts de hêtres, des taillis de bouleaux, là-bas, vers l'aube, et que tu tentas de ressusciter. Je tâcherai aussi d'être toi qui n'as jamais perdu la mémoire.

De mon mieux. Je ferai le clown de mon mieux. Et peut-être ainsi je parviendrai à faire l'homme, au nom de tous. Sans blâââgue !

Aimer à peine

Oui je veux vous aimer mais vous aimer à peine.
« Marie », Guillaume APOLLINAIRE

Parce qu'il serait bon que les enfants
ne meurent pas de la faute des pères
et que souffrance n'appelle pas vengeance.

Pour Joëlle et Susanna,
mes Lorelei
et pour les victimes de
tous les obscurantismes

– Aujourd'hui maman est morte…

Toute droite dans sa longue robe noire, elle a juste levé ses yeux bleu chagrin, murmuré sa mère perdue et j'ai tout pris au cœur, le deuil à vif, son regard de tragédie et la grande gifle de l'amour fou.

À l'instant de ce terrible aveu, la demoiselle et moi on dansait le tango. Surtout elle, parce que moi je sais pas danser, juste tortiller un poil les fesses quand je suis en euphorie.

Cette dernière nuit d'août, j'étais au bar d'une salle des fêtes de l'Allemagne profonde. Par hasard. Seulement entré boire une dernière bière pour mon premier soir ici. Accroché à une chope, je considérais l'humanité en goguette, sous les pois lumineux de la boule à facettes qui tournait au plafond. Et je l'avais vue venir droit sur moi, grand lys nocturne à la peau pâle, décolleté profond, belles épaules, vingt ans, guère plus, une chevelure tzigane sombre, et un visage de Lorelei à se jeter au Rhin.

– Darf ich, bitte… ? Est-ce que vous voulez bien… ?

Léger accent, l'élégance de parler d'abord allemand puis de traduire. Politesse et perspicacité ensemble. Mazette ! Parce que je fais pas franchement French lover…

– Pourquoi pas ? Warum nicht… ? Ahaha… !

Rire benêt, je suis pas capable de mieux en marivaudage. Et puis je l'enlace, tout chose. Ma main droite tremblant à sa hanche et la gauche levée pas trop haut, plutôt plaquée contre ma poitrine, avec sa menotte serrée dedans, qu'elle sente palpiter mon sentiment à travers ma veste. À peine si elle pèse contre moi, cette fille est une liane, une cavalière de pampa née pour le tango. Alors que moi… Je serais plutôt côté cheval !

Deux piétinements, un hennissement d'excuse, une dérobade, je suis à l'agonie... Elle parvient à me mettre quand même dans le bon rythme, mes battements cardiaques s'apaisent, je la suis au petit trot en brinquebalant entre les autres danseurs, et au moment où je pourrais presque paraître vivant, elle m'achève en trois-quatre mots ! Maman, morte, aujourd'hui... !

Déjà qu'en vieillissant je ne m'arrangeais pas le portrait, de plus en plus proche du cervidé obtus et myope, de l'élan sauvage, au point que je me surprenais, certains matins, à me tâter le haut du front, des fois que les bois des grands mâles commenceraient à y pousser, mais alors là, de tous ces émois soudains, de faire effort pour retrouver ma condition humaine, j'ai juste réussi à virer étalon sur le retour et j'ai réagi en conformité avec mon physique, à l'instinct, en animal paniqué. J'ai carrément cafouillé mon tango et lui ai écrabouillé les pieds avec mes gros sabots. Si vous aviez vu la dignité de sa douleur, son demi-sourire de pardon pendant que la larme lui venait à l'œil, j'ai eu des envies de Samaritain, qu'elle pleure tout son saoul, ça fait du bien… ! J'ai arrêté de tâcher de ressembler à un gaucho argentin, cambré pour mieux faire sentir toute ma virilité à la belle. Stop en milieu de piste avec les danseurs qui nous tamponnaient de partout, j'ai attiré sa tête au creux de mon épaule, et bien sûr que plus ou moins, j'espérais que mes consolations à son oreille nous mèneraient au bisou et à une vraie fraternité des peuples :

– La mienne s'en est allée l'année dernière…

Et puis, à l'instant pile j'ai réalisé que je venais de toucher le fond, que j'étais le plus indigne des indignes ! Un cabinet dérobé, une cave, un trou de souris, même les jupes d'une vieille fille, d'une délaissée faisant tapisserie, j'avais envie de m'y cacher. Nom de nom, moi, le fin lettré, l'érudit infaillible, oublier le début, l'incipit du plus célèbre des romans d'un des plus célèbres romanciers français. Les premiers mots de *L'Étranger*, de Camus, moi, diplômé de sciences-po, en stage officiel dans les Länder d'Allemagne du

Sud, je prenais ça pour un faire-part privé, l'hommage immédiat de son intime déchirure à moi rendu par une femme conquise... Jamais j'en finirai avec le contentement de moi ! « La mienne s'en est allée »...! En plus je prenais des poses oratoires avec mes propres malheurs familiaux : je t'en foutrai de « s'en est allée »... Maman est morte d'un cancer, d'une saloperie qui l'a grignotée d'en dedans et c'était pas joli ses derniers mois parce que la souffrance ne l'est jamais.

Bref, écarlate de honte, j'ai compris ma bévue aggravée de pédanterie, et la demoiselle que je serrais à l'étouffer j'osais plus lui laisser redresser la tête, de peur de ses yeux. Et puis elle s'est mise à se gondoler et tous les deux on a explosé de rire comme des grenades mûres.

Jusque-là vous me direz, c'est des histoires de mômes, des chichis d'étudiant découvrant sa liberté à l'étranger, du touche-pipi de gamins attardés, du récit pour éditions rose fané. Rien qui vaille le coup...

L'époque que je vous raconte, mon apprentissage d'Allemagne, le bal, la demoiselle qui avait lu Camus, c'était au crépuscule de l'été 72. À Petersberg, un bourg sur les hauteurs de Fulda, dans le secteur américain de l'Allemagne du Sud-Est, à deux tours de valse de la frontière avec la DDR. J'ai rencontré ce soir-là la seule femme avec laquelle j'aurais pu vivre jusqu'au bout, la seule qui me fût désignée par le destin ou l'histoire, la femme retrouvée des origines, celle avec qui passer par-delà le bien et le mal, la femme d'harmonie universelle, celle dont j'étais l'ombre désignée. À l'instant où j'écris, à l'aube de l'autre millénaire, une trentaine d'années a passé et aucune autre n'a pris la place.

Inge, tu t'appelais Inge. Et tu n'étais pas un faux amour, je ne t'ai jamais confondue avec personne depuis et pour toi j'aurais sauté aux murènes. Or, je t'ai laissée, ou perdue, en Allemagne, et je ne te reverrai plus…

Déjà, cet automne 72, à mon retour en France après un été allemand, tout est scellé. La mémoire est déjà au travail et la douleur à fleur des mots. Je ne suis revenu que pour parler de toi, Inge, à mon père, aussi vite que possible et j'ai pourtant trop tardé : aujourd'hui, on enterre papa dans un petit village du Pas-de-Calais.

Le long de la haie d'aubépine qui masque une voie ferrée désaffectée des houillères, ta sépulture s'ouvre sous une bruine de méchante saison et je ne peux pas m'empêcher de penser à cet autre trou d'argile, profond à pas pouvoir en sortir, à y pourrir vivants, papa. Les autorités de la Wehrmacht t'y avaient jeté comme otage avec ton cousin Gaston, en sursis d'exécution, parce que vous aviez dynamité un transfo et qu'ils avaient arrêté les coupables sans le savoir : vous... ! Tu te souviens bien papa, tu t'en es remis à Gaston pour me raconter cette aventure de résistants que tu n'osais pas me dire, un dimanche de 58, au sortir de la séance d'après-midi, au bar d'un cinéma roubaisien… Tu te souviens… ? On projetait *Le Pont*, un film allemand de Bernd Wicki… Gaston m'a ouvert les yeux sur ta vocation de clown amateur miteux qui me provoquait une honte irrépressible : en fait, je ne savais pas que toi, l'honorable instituteur, à chaque occasion, fête de comité d'entreprise, sapin de Noël, en faisant le pitre, tu rendais hommage au soldat qui vous gardait pendant que vous attendiez la mort. Cet Allemand, Bernd Wicki, avait partagé ses rations avec vous, avait fait le clown, ce qu'il était avant-guerre, pour pouvoir faire l'homme. Et en 58 il a réalisé *Le Pont* que nous sommes allés voir tous ensemble. Aujourd'hui, alors qu'on te porte en terre, papa, j'ai encore dans ma poche le ticket de cinéma de ce dimanche-là, déchiré par l'ouvreuse du cinéma Tramway, pieusement conservé et tout taché maintenant… Pendant un moment je l'ai cru perdu, et puis je l'ai récupéré, je te raconterai, papa…

Il est là, Gaston. Devant ton cercueil qu'on descend dans la fosse. Sa chemise s'effrange au col, il a une cravate noire comme plus personne n'ose et ses lunettes rondes sont rafistolées avec de l'Albuplast. Nicole a les pieds enflés, renifler lui fait lever les sourcils. Tout son rimmel se ravine de chagrin, elle a les cheveux gras de crachin, la permanente en fouffelle et son corps, dans la robe de satin mauve, sous le demi-saison qu'elle peut plus boutonner, c'est toujours quand même un argument de plaisirs simples. Ils ont ton âge, papa, tout juste la cinquantaine. Et sont magnifiques.

À cette époque des débuts de l'hiver 42, la mort n'avait pas voulu de vous, mais elle a fini par te rattraper sur le quai de la gare de Lille, te broyer le cœur d'un coup, samedi dernier, un après-midi où t'avais pas ton nez rouge et tes tatanes. T'étais pas déguisé, ta casquette neuve, une vraie, pas une galette ridicule d'auguste, ne suffisait pas, la Dame noire t'a reconnu. Et c'était ma faute, je t'avais appelé en urgence que je revenais te raconter à mon tour ta propre vie, les extraordinaires prolongements de 42 que tu ignorais, tout ce que tu avais semé dans tes effroyables jardins et qui avait germé là-bas, en Allemagne. C'était couru que tu te précipites : j'avais fait l'intéressant et laissé planer le suspense. Pas question de tout te déballer par téléphone. Ni de te l'écrire. Mes stages en Allemagne enfin terminés, je rentrais te dire de vive voix l'épilogue de tes aventures de résistant. De vive voix… Voilà pourquoi, cette fin que tu ne sauras jamais, je veux te la raconter en silence devant ta tombe ouverte, pendant que tu n'es pas encore entré dans le souvenir, avec, si je sais encore, nos mots à nous, d'ici, les humbles expressions que tu ne reniais pas, même si ton métier d'instit t'obligeait aux grammaires académiques. Alors, n'écoute pas la rumeur alentour, sois sourd aux hommages et aux ragots murmurés avec des mines graves dans les allées de ce cimetière…

Même Gaston et Nicole, laisse-les à leur chagrin.

N'écoute personne papa… Pense à toi, pour une fois… Prête seulement attention à l'ombre de mes mots, c'est l'histoire d'un monde qui aurait pu être. Et surtout, ne te laisse pas accaparer par les démonstrations de Françoise. Prends ta part de sincère douleur dans ses pleurnicheries et sois indulgent pour ses débordements de fille possessive et de sœur exemplaire.

À mon côté, elle est semblable à elle-même. Elle arbore un chagrin de haute couture, de la larme sur mesure, du sanglot de défilé, et c'est tant mieux. Ainsi elle a moins mal. Parce que dans ces occasions macabres elle donne sa mesure, son grand corps un peu gras, toute cette poitrine qui l'encombre d'habitude, son air de famille avec moi, nez de bœuf-œil de génisse, tout en demeurant digne, elle te transfigure tout ça par une générosité de chair douloureuse, une sorte d'offrande de soi, façon Marie Madeleine… Croyez pas que ce soit cruauté de parler ainsi de Françoise. Au contraire, cette façon de n'être jamais surprise par la douleur, ce désespoir maîtrisé au cil près, ça force l'admiration… Et justement, des hommes encore jeunes, aux yeux rouges, quelques-uns de tes anciens élèves venus honorer ta dépouille, papa, tressaillent quand elle pousse un petit gémissement presque érotique, juste comme le curé lève son goupillon au-dessus de la fosse :

– Au nom du Père…

Déjà… ! On va fermer ta tombe, t'emprisonner aux ténèbres sourdes… Alors il faut que je te dise, vite, papa, j'ai deux secondes et je sais pas par où commencer. Peut-être si je ferme les yeux, j'arrête le temps :

« – Aujourd'hui maman est morte… »

Même si ça commençait par une fin, je pensais qu'on allait vivre un roman d'amour tout du long, Inge et moi…

La veille, j'étais arrivé dans la famille qui me louait deux pièces à l'entresol de leur villa. À mi-pente d'une colline qui monte vers une église aux larges épaules. Les Thiel. Theodor et Gertrud. M'avaient reçu en grande parade, alignés au bas du perron pour rendre les honneurs, les garçons, sept, cinq, trois ans, Sören, Markus, Lohengrin, comme des poupées gigognes, rasés à ras, en Lederhose, le short de cuir des familles, respirant la santé, l'œil bleu, la joue rose, et, dans les bras de sa mère, Brunhild, dix mois et déjà une voix de Castafiore à péter tous les miroirs.

Theodor est un castard à tête carrée, un type en granit, tu le croirais d'un bloc, buté-borné. Sinon qu'il vient à toi, mains tendues, avec une modestie de geste, une retenue de consolant. Et attentif à autrui. D'évidence, pas faiseur pour deux sous. Gertrud, houlàlà, c'est indiscutablement pas la walkyrie que tu imagines ! Une musaraigne, un animal des bois, une gerboise, une gerbe de blé brun plantée sur le crâne, des yeux de joujou en faïence, toujours à caqueter qu'on n'y comprend rien et à rire rien que par-devers elle et qui te sort de nulle part, sans que t'aies rien vu arriver, quel que soit le lieu de la maison où tu la croises, une assiette de gâteau et un verre de vin du Rhin, pour une petite ripaille impromptue ! Et tout ce petit monde me souriait large comme si j'étais le petit Jésus. Maintenant papa, je perçois les choses au plus juste, parce que, ce jour-là, tintin, j'en pouvais plus, devant le tableau de famille coloré folklore… ! À cause de ma rigolade contenue, j'ai même failli lâcher une kyrielle de prouts perlés !

Tu sais, papa, j'ai encore du mal à pas regarder les gens de haut, à en rabattre. Peut-être c'est de la défense à l'instinct, une façon de me protéger. On peut dire ainsi, histoire de me rassurer à mon égard. En fait, j'ai beau m'efforcer, ma nature c'est cuistre hautain : les Thiel, je les regardais bien condescendant, comme des péquenots d'un autre âge. Bien sûr Gaston et toi vous m'avez déjà échaudé une fois, montré l'envers des apparences, et mépriser cette famille d'être allemande, je voulais pas, mais je pouvais pas empêcher le vieux fond de remonter sournoisement. On se rend même pas compte de sa mocheté. Les certitudes et préjugés de débarquer en pays conquis, chez les nazis vaincus de 45, en veux-tu en voilà… !

Theodor m'a présenté tout un chacun, ce qui fait que j'ai essayé d'avoir un mot gentil, personnalisé, et je sais pas comment elle fait Françoise, d'être si à l'aise avec l'allemand, elle qui ne voit que le mauvais côté des choses, mais moi, malgré ma bonne volonté, que je m'applique et tout, je perds mes déclinaisons, j'oublie le rejet du verbe, je grommelote. Du coup, je les ai beaucoup fait rire, c'est ce qui m'a sauvé de péter de rire moi-même, ils ont fait semblant de comprendre mon sabir et les gamins nous ont précédés, Theodor et moi, jusqu'au seuil de mes appartements. Et puis ils se sont postés devant une sorte de bahut trapu, fiers comme des matous montrant une énorme souris écharpée de leurs griffes :

– Nous pensons que c'est mieux qu'une radio…

Et Theodor découvrait le clavier d'un petit harmonium. Une belle bête. À peine il relevait le couvercle, le tiot Lohengrin tapait déjà sur les touches à pleins poings ! Ses frères l'ont happé par les bretelles et remis à sa place, en deux temps trois mouvements. Connement, j'ai pensé qu'ils avaient eu la flemme de déménager l'instrument et allaient solliciter le droit de venir s'exercer pendant mes absences. Parfait… Pour faire à l'aise, j'ai pris le tiot boxeur de notes dans mes bras :

– Ahah, Lohengrin est un futur Wagner, non… ? Vous en jouez peut-être également, Herr Thiel… ?

– Nein… Personne de la famille… Mais vous bien sûr, n'est-ce pas… ? Les Français sont si cultivés… Nous l'avons loué pour vous…

Alors là, sur le cul ! Un harmonium, louer un harmonium, juste parce que je suis français, moi qui ne mets jamais les pieds à l'église et n'arrive même pas, si je me donne un coup de marteau sur les doigts, à bramer juste ! En musique je fais tout faux ! Pourtant, j'ai pas osé détromper. Ni m'avouer franchement le puant que j'étais encore. Et c'était ma première lâcheté. D'ailleurs je faisais pas tant le faraud en me cherchant des alibis jolis pour refuser de jouer un petit morceau : les doigts ankylosés par le voyage, n'est-ce pas… ? Et gnagnani et gnagnana, j'ai fait ma chochotte… Pour sauver la face, pas dire que je ne connaissais rien à la musique… ! Je ne savais pas que le lendemain, j'essuierais un deuxième affront avec

Inge et maman morte aujourd'hui. Bien fait pour ma pomme… !

J'avais deux mois à passer chez ces anges en culotte de peau. Je me croyais regardé comme l'exotique étudiant français. Ach Parisss, kleine madmâzelles ! Bernique : mes Thiel cherchaient pas du tout le parfum de Pigalle sur mes revers de veston… Très vite, à cause d'une anecdote que je te dirai plus tard, une rencontre, et d'une photo sépia, accrochée dans leur salon, un type souriant, en casquette, perché au faîte d'une maison en construction, j'ai compris qu'ils font la paix universelle à leur mesure, sans acte de contrition, ni regret faux-cul de ce dont ils ne se sentent pas coupables, des crimes nazis. À condition d'en reconnaître la réalité, de ne pas être des dupes volontaires. J'ai aussi compris qu'il fallait que je me montre digne de cette dignité simple. Le père de Gertrud, le charpentier de la photo, est mort à Stalingrad, en simple bidasse étonné, et, les années qui viennent de s'écouler, les Thiel ont hébergé une Belge, puis un Anglais. Avant mon départ, ils souhaitaient vivement qu'un jeune Soviétique, de n'importe quelle République socialiste, pût séjourner chez eux. Qu'on laisse tous dans la chambre d'amis un air de fraternité, et que les enfants Thiel viennent le respirer. Sentimentales utopies… Oui, bon, on y reviendra…

En attendant, Theodor a surtout initié sa famille et ses hôtes au parfum de la Heffeweissbier, la bière blanche : il est décorateur en brasseries, appointé par la DUB, Dortmunder Union Bier. En charge d'un district grand comme un quart de la France, il trace les plans et suit les chantiers d'aménagement intérieur de tous les bistrots où on vend de la DUB. Kolossal ! Par le fait, le temps lui manque si cruellement qu'il reporte au dimanche toutes les réceptions de travaux. Ce qui lui permet de boucler ses affaires dans l'allégresse dominicale, de recueillir les appréciations des clients sur son travail, et lui interdit de refuser toutes les chopes offertes, les mass, comme on dit là-bas. Au bout de la journée, fin saoul et béat, mon Theodor chante… ! *Carmen, Traviata, Paillasse*, enchaînés au hasard et du Trenet en allemand, et *Lili Marlène* et *Sang viennois*. Tout ce qui lui vient aux lèvres. Et fort. Parce que dans sa Karmann, il a pas la radio non plus. Et qu'il pense que chanter même n'importe quoi, même faux, c'est toujours un hymne à la joie, au monde réconcilié. Un de ces jours il s'endormira quand même au volant, joyeusement, et auf Wiedersehen Theodor… ! Ces rengaines peut-être, surtout de devoir s'arrêter si souvent pour pisser sur le bas-côté des routes, ça l'a sauvé jusqu'à présent. Il me fait penser à toi, papa, quand tu rentrais de tes clowneries d'amateur, pas bien frais mais fier du devoir accompli.

Je le sais pour lui avoir servi de chauffeur dès le premier dimanche et l'avoir aidé, d'autres fois, à retrouver sa chambre.

Mais avant ces apothéoses du houblon, dès le premier soir, j'ai rencontré Inge. Le temps pour moi d'avoir l'air de rien, de perdre complètement le nord et la face avec maman morte aujourd'hui, d'être cruel avec ses orteils, pour elle de me laisser croire que j'étais beau, tous les deux on a compris pareil qu'il fallait pas mettre la charrue avant les bœufs. Après notre tango naufragé et notre fou rire, on est sortis dans la nuit. Ni baiser volé ni sa main dans la mienne, on est restés une petite éternité à se regarder franc, sur le parvis de la vieille église accroupie tout en haut de Petersberg, avec l'ombre des nuages qui essuyait nos visages, pas un mot, rien qu'à se renifler de l'œil. Même se revoir demain, on l'a décidé à mi-voix, et puis elle s'est tournée vite et a couru dans la rue qui monte à droite. Friedhofsweg. Bien après son envol je suis allé lire le nom de cette rue : « Chemin du cimetière »…! J'ai pris ça comme un défi.

Et dès le lendemain j'étais en avance au rendez-vous.

J'avais un mémoire à rédiger. De ça tu étais au courant papa. Sur l'implantation des sièges de clubs sportifs, toutes disciplines confondues, et la composition socioprofessionnelle des membres dirigeants. Et l'éventuel passé nazi de ces gens. L'implication du milieu sportif dans le national-socialisme. T'en hoquetais de rire, papa :

j'allais surtout enquêter sur la bière, vu que le fotballe, partout et depuis toujours, ça se gère dans les bistrots... ! Mais encore une fois, t'as fait le pitre pour masquer l'émotion : pas vrai que tu te serais laissé couper la langue plutôt que de rappeler que t'avais failli mourir à cause du foot... ? C'est bien en représailles d'un match de coupe perdu que des gendarmes français t'avaient fait désigner comme otage des Allemands en 42... ? Non... ? Bien sûr que si : le cynisme du sort t'a sauté à la mémoire ! Intérieurement t'en étais écroulé de rire... En tout cas, je t'entends encore te foutre de moi. Pas complètement à tort, j'en conviens maintenant.

De fait, ce premier matin, avec Inge pour guide, j'ai voulu effectivement commencer ma tournée des grands ducs par le plus gros de mon programme : les clubs de foot, les sportifs les plus résistants, entre 33 et 45, à la récupération du sport par la propagande nazie. Et justement pour pas me dégonfler devant la Weizenbier, m'initier par paliers aux bières. Mais quand j'ai montré mon tableau de marche à Inge elle a grimacé juste du bout du nez :

– Fussball… Que des brasseries… Tu préfères pas les chevaux… ? Tu pisseras moins…

Et elle riait de sa plaisanterie comme j'aurais jamais osé en faire devant une demoiselle… ! N'empêche, elle avait raison… Mais pour moi c'était Charybde et Scylla : soit la Brauerei standard, peut-être décorée par Theodor, soit le Versailles local, un château avec plein d'ailes et, au fond du parc, un parcours de concours complet ! D'un côté comme de l'autre j'étais un hippopotame hors du fleuve, complètement déplacé. Inge penchait la tête et s'éventait avec mon bloc-notes tout neuf.

J'ai dit oui aux bourrins. En partie parce que le Schloss Fasanerie, siège du club de cavalcade, était bien en dehors de la ville et qu'il fallait une auto. Or, Inge possédait une voiture. Et quelle voiture… ! J'avais dit oui avant de la voir et me dédire. Dédaigner Inge dans ma situation de bas-bleu, sans moyen de locomotion, c'était suicidaire… ! Ta Dyna Panhard couleur canari, papa, celle que tu as gardée jalousement des années, je l'ai amplement gobergée et je ne retire rien. Mais à vrai dire, l'Auto-Union vert sous-bois d'Inge touchait autant au règne animal : Inge chevauchait une grenouille géante, une bestiole de dessin animé ! Des phares globuleux, une calandre lippue, et cette allure ramassée, toujours prête à bondir en poussant sur le train arrière… Mais la comparaison cesse là : contrairement à ta vaillante Dyna, la bête d'Inge souffrait d'une infirmité grave : elle ne pouvait démarrer en côte que le pif en bas, rapport à comme qui dirait un problème circulatoire, côté pompe à carburant. Si l'auto levait le nez, elle cyanosait, s'évanouissait aussi sec, et l'essence quittait le moteur, ce qui évidemment empêchait tout démarrage. Il fallait donc manœuvrer ce grand corps inanimé, le mettre dans le bon sens, à la main, et attendre que la loi de la gravité ait fait le reste, que la grenouille se réveille. Après, c'était la bête la plus docile qui soit, elle sautillait en douceur où tu voulais. Un animal assez provo qui arborait un sticker sur la cuisse gauche « Atomkraft, nein, danke ! », non merci à l'énergie atomique. De la part d'une auto aussi paresseuse c'était un refus idéologique gonflé… !

J'ai dit oui aussi par désir et calcul machiavélique : Inge, tu la voyais rien que du coin de l'œil et aïeaïeaïe ! Robe tournesol façon Courrèges, courte, courte, courte… ! Quand il a fallu tirer, elle et moi, pousser la grenouille, s'arc-bouter, bondir au volant pour serrer le frein à main, jouer du jarret et des reins, comme prévu j'ai eu des visions de damnation, la dentelle des cieux s'est déchirée pour moi, tous les tambours du Walhalla m'ont battu la poitrine ! Surtout, mes parties nobles sont entrées en grande émotion… Ce qui n'est pas très wagnérien…

Jusqu'à ce qu'on se retrouve à rouler tout doux sous les tilleuls verts des derniers jours du bel été, vers le château Fasanerie, et qu'on se poursuive la reconnaissance, comme deux gosses innocents, au premier jour de maternelle, qui s'inspectent du bout des doigts, s'apprécient à belles reniflées, se goûtent les joues à la pointe de la langue, se prennent la main et se quittent plus. Oh ! les pures amours, éternelles… !

– Je finis l'école de journalisme l'an prochain… Tu es quel âge… ?

– « Tu as… » On dit avoir un âge. Vingt-deux. Heu… Je reprépare l'École nationale d'administration. Déjà raté une fois… Mais de peu, hein, de peu… ! Pour devenir haut fonctionnaire… Et toi… ?

Être ou avoir, quel naze ! Comme si moi je maîtrisais l'allemand ! Je m'en serais gobé les yeux !

– Je t'ai dit… Ah ! pardon, l'âge : j'ai vingt-deux aussi… Et je veux faire reporter sportif… Sportive… ? Peut-être aux Jeux olympiques de Munich, j'ai un contact pour écrire un article… Avec un ami américain…

Je sais ce que tu penses, papa : il ne me revient que des bouts de dialogue à braire ! Oui. Et c'est justement le douloureux. Ces ameublements du temps perdu. Si seulement on s'était mangés de baisers sur-le-champ, au diable les mondanités et le quant-à-soi ! Mais non, on n'a pas vu le bleu du ciel… Ou bien nos corps d'anciens ennemis résistaient encore…

Au château, j'aurais pu croire que nous étions attendus. Un bref palabre d'Inge et un maigrichon obséquieux tenait à répondre à mes questions tout en nous guidant une visite complète des lieux. Le Reiterklub est une émanation de l'aristocratie des environs. N'est-ce pas… ? Ja wohl ! On a donc patiné à petits pas sur le parquet à la française, en sabots de feutre qui vengeaient sur ce cochon de Français la défaite de l'Allemagne… ! Ils s'accrochaient aux pieds des meubles, coinçaient dans un seuil, foutaient le camp au diable à cause d'un pas trop grand. J'étais sans arrêt à plat ventre pour les récupérer sous les meubles ! Content qu'il était, l'efflanqué faux-cul, de me voir ramper, ridicule… ! À part une immense table rococo, au plateau sculpté dans la masse, je me souviens de dorures, d'un luxe inouï, d'argenterie et de porcelaine. Et de la poussière que j'ai bouffée ! Inge poussait des ho et des ha, riait en douce de mes catastrophes. L'autre mielleux se rengorgeait et lui lorgnait les seins. Moi, le freluquet, j'avais l'impression qu'il me regardait comme un trophée à venir, les têtes de sanglier et les ramures de cerfs accrochées aux murs, comme une future pièce de vénerie, une bête bientôt chassée et empaillée. Sûrement à cause de mon physique. À de rares exceptions près, j'ai compris qu'il fallait des quartiers de fortune pour être admis au Reiterklub ! Le moindre membre était bien sûr parrainé. Beaucoup d'industriels de longue lignée, plus les hobereaux locaux… La possibilité d'admission se faisait sur critère censitaire, n'est-ce pas… ? À moins d'un certain revenu, il ne saurait être question…

Et il me toisait comme si j'étais prêt à sortir ma feuille de paie et solliciter mon entrée au club… ! Il jubilait à l'idée de me classer parmi les pouilleux sans le sou : refusé… ! Le vicieux m'a même fait apporter une liste, avec adresses et professions, et c'étaient des Von par-ci et des Von par-là… ! Et puis le coup de pied de l'âne : il a tenu à préciser que beaucoup de ces familles avaient énormément souffert de la guerre. Dans leur chair, des parents officiers supérieurs morts au champ d'honneur, et dans leurs biens, les usines, les résidences endommagées par les bombes alliées… Sans oublier les possessions lâchement volées par les communistes de DDR, les forêts, les domaines de chasse, toutes ces richesses collectivisées !

Je prenais des notes en écoutant d'une oreille et tout en ébullition au-dedans, pas loin de claquer notre apprenti junker. Ce qui m'a sauvé du scandale c'est la présence d'Inge qui n'en pouvait mais. Elle m'avait calmé en me glissant à l'oreille que notre guide en rajoutait pour me choquer. Tout ça était bien surfait : son père à elle était membre et il déduisait sa cotisation de ses impôts comme frais de représentation pour traiter ses clients… Je n'avais pas relevé, assez chiffonné quand même d'être étranger à ce paradis où elle avait finalement aussi sa place. Et puis, à chaque passage devant une des fenêtres de façade, j'avais l'œil ailleurs, sur un homme à genoux au bord du grand parterre, là-bas, commençant la toilette d'automne du parc, comme s'il débutait celle d'un grand cadavre. Au moment de sortir, j'ai voulu me prouver la virilité, triompher du sous-fifre insolent par une réplique assassine :

– Et le château… ? Il n'a pas subi de dommages pendant la guerre… ?

– Peu, Dieu merci… Et nous sommes fiers d'avoir tout rénové avec des fonds privés allemands… Malgré le conflit mondial, nos membres ont reconstitué l'essentiel de leur fortune et gardé leur honneur entier… Certains ont même accru leurs avoirs…

Ses yeux étaient froids, il répondait à l'ironie par le cynisme et le sarcasme et se contentait de nous indiquer du doigt la direction du manège et des écuries. Comme à une princesse flanquée d'un laquais…

– Si vous voulez revoir les installations équestres, Fraulein Ingeborg, vous connaissez le chemin…

Mademoiselle Ingeborg… Diminutif : Inge… ! Il se payait le luxe de m'apprendre le complet prénom de ma dulcinée, de me voler cette intimité. J'en aurais bouffé mes sabots de feutre !

On est repartis en traversant tout le parc. Vers le Laubengang, la promenade sous les tonnelles. Là, à contretemps, j'ai commencé à faire une scène à Inge, et décidément l'Allemand reste un Prussien dans l'âme, et faudrait répertorier tous les enfants naturels d'Himmler… J'étais imbuvable et les lèvres d'Inge blanchissaient… Le jardinier, toujours à genoux, déplantait déjà des bulbes. Au bruit des mots français, il s'est retourné, déjà à demi relevé, se dépêchait de s'essuyer les mains et de venir à nous. Grand, un genre Errol Flynn, moustache lacet et le tif bien plaqué en arrière. Une espèce de majordome puni, condamné aux travaux forcés. Il m'a demandé bien poli de quelle région je venais. Lille, le Nord. À peine la réponse entendue, c'était le total affolement. Il me prenait les mains, l'œil humide, me les baisait quasi, et moi ça commençait à me brouter de sans arrêt passer pour un avatar du Bouddha, une statue vivante à caresser, d'arriver comme le messie… ! Je souriais et bien le bonsoir mais lui pas question de lâcher, il expliquait à Inge, Cambrai, Valenciennes, sa femme Roselyne, lui c'était Adrian, je comprenais pas lourd à ses phrases hachées, bouffées toutes crues, juste qu'il appelait fort entre deux, Roselyne,

Roselyne… ! Et la voilà qui accourt, sûre que son homme s'est tranché un doigt à jardiner, elle s'affole, le regarde sous toutes les coutures, commence à l'engueuler et finit par s'arrêter net, se tourner au ralenti vers moi :

– Dis pas qu't'es d'chez mi… ? Hein : t'es de Lille, mi j'suis née à Wazemmes, en plein cœur… !

Et ses yeux se mouillent et qu'est-ce que vous voulez, elle est contre moi, elle pleure et moi tu sais bien, j'ai pas les bonnes manières pour le chagrin, d'entendre le patois des petites gens de chez moi, ici au fief de la belle société allemande, je me laisse aller aussi, je me répands à la mal-élevé, Adrian nous prend tous les deux dans ses grands bras et on doit avoir l'air de quoi, dans ces somptueux jardins, avec les épaules qui tremblent et Inge, cette fille mangée de soleil, libérée au point de s'en foutre de montrer ses fesses au premier Français venu et qui, là, sait pas quoi faire de ses bras, serre les lèvres et tâche de pas chialer avec nous trois.

Après, ils nous racontent, Adrian et Roselyne. On est dans leur logement des communs du château. Ils ont fait du vrai café, pas l'habituel ersatz qu'on boit encore chez Theodor et Gertrud, et Roselyne a passé un propre cotteron, comme elle dit, au col de dentelle. Leurs voix, en allemand, en français, se mélangent au-dessus de leurs mains maladroites, abandonnées sur la nappe, fatiguées. Adrian a échappé au corps des SS parce qu'il était trop court d'un centimètre. Mais il a quand même, évidemment, été mobilisé dans la Wehrmacht. Pas pu faire la carrière d'ailier gauche qu'il voulait, au Borussia de Dortmund, un club ouvrier antinazi de la Ruhr qui s'est fait laminer par Goebbels et ses archanges… Et Adrian s'est retrouvé à garder des prisonniers russes dans un camp, à Valenciennes. Et un jour, parce que ses supérieurs refusaient qu'il organise des matches de foot avec ses Ruskofs, dans le camp, il a décidé de déserter. Au flan, un matin, en chemin pour aller prendre sa garde, il a prétexté un pipi urgent, s'est isolé, et puis il s'est mis à courir, à travers tout, les rues et les champs, le long de l'Escaut, par des corons et des lieux où vingt fois il pouvait mourir, et puis il est entré dans un café près d'un carreau de mine. Il a arraché les insignes de son uniforme, posé son fusil sur le comptoir et regardé le bistrot dans les yeux. Quitte ou double. Le bistrot a mis la main sur le fusil et Adrian s'est dit que ça y était, là, devant les chopes à gros cul et les petits verres à goutte, il allait offrir son ombre au diable. Et puis derrière lui quelqu'un a dit :

– Viens avec moi, tiot…

Un bras a pris son épaule, on l'a fait sortir par derrière et il a passé dix mois, la fin de la guerre, dans le plancher d'un grenier, ne sortant que la nuit, avec des précautions d'animal nocturne. Pour le distraire, dans la journée, depuis sa chambre sous le grenier, la fille de la maison chantait *Ramona, J'ai pleuré sur tes pas* et *Lorsque tout est fini…*, comme Marlène dans *Morocco.* Adrian se souvient de toutes les paroles et je suis sûr, papa, qu'il a, aujourd'hui, pour dire sa tendresse à Roselyne, exactement le même geste qu'au bistrot le mineur d'autrefois, presque celui du danseur de tango à l'instant où il saisit sa cavalière. Après la Libération, ce mineur a fait embaucher Adrian comme boutefeu, à la fosse. Il s'appelait Jean Delzennes. Roselyne était sa fille.

C'est elle qui a voulu qu'Adrian abandonne la mine, avant de risquer de mourir de silicose comme Jean. Alors ils ont regardé à nouveau vers l'Allemagne, trouvé cette charge de jardiniers au château et Roselyne, même qu'elle comprenne toujours pas lourd à l'allemand, elle dit qu'elle aura une aussi belle tombe ici qu'à Valenciennes… Tiens, le père d'Inge faisait partie du comité directeur du club au moment de l'embauche… Si Inge pouvait encore le remercier… Eux aussi ont eu une fille, prénommée Marlène en souvenir de la chanson. Et puis de Dietrich, bien sûr… Elle a épousé quelqu'un du Goethe Institut, voyage loin pour propager la culture allemande, et leur manque.

À notre départ, comme d'humbles propriétaires d'un jour, ils nous raccompagnent jusqu'à la grille du château, l'auto d'Inge, se serrent l'un contre l'autre sans oser nous embrasser. Fugitivement, quand je baisse ma vitre pour agiter la main, j'entends Roselyne chanter « J'attendrai… le jour et la nuit j'attendrai toujours… ton retour… » et sa voix fait baisser les yeux des grands arbres hautains.

J'ai pas vu le trajet de retour, p'pa, j'osais pas m'essuyer la buée des lunettes.

En me déposant devant la maison des Thiel, Inge s'est adossée à sa portière, au plus loin de moi. Et elle me contemple, en silence, avec un petit sourire chiffon, encore sous le coup de la chanson ou je sais pas. Bousculée. Ou amusée par l'émotion du petit Français, apitoyée par le gamin niguedouille… Pas possible de deviner ses pensées. Mais tentante, enfin, tu comprends bien, papa, mon état… Juste après le coup de fouet de l'émotion, bien sûr que je piaffais de l'embrasser, ma Tzigane, mon effrontée aux belles cuisses, aux yeux de cailloux du Rhin, et je suis couillon, je crains la rebuffade. Alors je dis que bon… Le lendemain c'est dimanche et j'ai promis à Theodor… Mais à lundi, si elle veut encore de moi… Et j'ouvre la portière… Son demi-sourire papillote… Est-ce que j'aimerais aller danser ce soir, avec une Prussienne… Écouter de la musique… ? Pas du tango de pauvres, du rock cette fois, des chansons de libérateurs…

Le moyen de refuser ? Je l'ai froissée avec ma scène d'antinazi à bonne conscience et elle me rend la monnaie… C'est de bonne guerre… Oui, va pour le rock mais seulement écouter… Okay, elle me pousse quasi sur le trottoir… Tchuss, salut… À bientôt, bis bald, je te prends à vingt heures… Et sa voix est mouillée.

Je suis descendu de l'auto, aussitôt repartie. Là-haut, les rideaux bougeaient à la fenêtre de la chambre des garçons et Lohengrin léchait la vitre en me faisant coucou de la main. Dès qu'il m'a su rentré, il est accouru m'offrir un foutu concert d'harmonium, à deux poings sur le clavier, très marche militaire au pas de l'oie, pendant que je me donnais l'illusion de me faire beau, douche, rasage, une noisette de fixatif parfumé oriental sur les cheveux et ma chemise blanche à pointes boutonnées. Gertrud est venue calmer son musicien prodige. J'ai dit que j'adorais la façon dont Lohengrin jouait Wagner. Elle a ri et insisté pour me prêter une moche cravate à rayures rouges et bleues.

Celle de Sammy, au Palette, était bien pire. En soie, avec Betty Boop peinte à la main sur fond crème. Il faisait partie des rares GI's présents à ne pas porter leur uniforme et faire les jolis cœurs. À part Inge, quelques autres filles et moi, toute l'assistance était de l'US Army. Le night-club, complètement contrôlé par l'occupant, était une sombre caverne aux murs peints en noir, au mobilier de récupération. Les seuls endroits chichement éclairés étaient le bar en fer à cheval et une brève estrade où quatre rockers à cheveux longs, leurs guitares abandonnées contre la batterie, mangeaient avec les doigts des frites dans des cornets de papier posés sur leurs genoux. En attendant qu'ils jouent d'autres morceaux, le juke-box diffusait *Keep on runnin'*.

Sammy était la vengeance d'Inge, sa façon de me remettre à ma place de rien du tout en amour et en politique ! Un grand Noir, au physique d'Harry Belafonte, en chemise tabac à manches courtes, qui parlait allemand avec application, comme une politesse nécessaire. Il était journaliste sportif dans le civil. Le fameux contact pour les JO ! L'insurpassable rival !

N'empêche, tout Supertarzan qu'il était, j'ai compris à son sourire qui fanait en vitesse, à sa façon de laisser son regard me peser puis d'interroger Inge en aparté, à sa cravate de merde, qu'ils avaient un tendre rendez-vous ce soir, ici même, et que patatras, c'était tout le contraire de ce que je croyais : Inge venait de signifier à Sammy la fin de leur histoire et, ultime cruauté, de lui présenter son remplaçant ! C'est-à-dire moi ! T'imagines, papa, à la fois ma fierté de petit coq et mes embarras d'amant de deuxième main… ? Sammy était deux fois plus beau, mille fois plus gai, un million de fois plus séduisant que moi, à part sa cravate, et Inge lui infligeait un tel affront… ? Je me sentais dans la peau du gigolo le plus laid et le plus stupide du monde et en même temps j'avais envie de chanter la *Marseillaise* ! Médaille d'or pour la France aux jeux amoureux... !

Sammy a insisté pour payer nos consommations et s'est juste permis d'inviter Inge à danser sur *Roll over Beethoven*, expédié par les rockers qui ne s'étaient même pas lavé les mains après leur repas. Elle portait une robe trapèze, orange, qui voltait sur sa cuisse à chaque figure. Grand seigneur, comme si je possédais la belle en définitif butin de guerre, quand ils sont revenus à moi avec cet abandon partagé d'après-plaisir, j'ai insisté pour qu'ils continuent à danser. Vu que moi, la chorégraphie n'est-ce pas... Sammy s'est contenté de me faire son sourire Hollywood et de dire que maintenant il valait mieux qu'on parte. Sammy était lieutenant dans la MP, la police militaire, et savait qu'une descente de ses collègues allait se produire... Dans ces cas-là, on ne sait jamais... Depuis mai et les attentats à la bombe par la bande de terroristes Baader-Meinhof contre le QG de l'US Army à

Francfort, celui de Heidelberg, les Américains sont assez chatouilleux… Une jeune Allemande seule au milieu de GI's pouvait être une terroriste… Inge a hoché la tête, bisou à Sammy. Du coup, le Sammy, je l'ai trouvé trouillard et, par bravade, j'ai voulu finir ma bière. Pas eu le temps : Inge m'a tiré vite dans la rue en m'essuyant la mousse aux babines. Son Auto-Union était garée dans le bon sens, moteur vers le bas.

Ce fut toute une soirée où on a laissé venir à nous les paysages, toute la mélancolie des lieux. Et on se prenait du romantisme frelaté à pleines chopes. Parce qu'on était pas foutus d'aller droit au baiser, à la caresse… En danger de mort on n'aurait pas été plus couillons, moins capables d'être simples… Ah oui, je voulais aussi te dire papa : ton Apollinaire que tu faisais tout le temps apprendre à tes élèves et l'Allemagne de ses poèmes… Inge et moi, dans nos débuts, là, qu'on cherchait des détours au parler d'amour, on s'est trouvé un armistice au fil de ses vers. Je lui disais des nixes aux cheveux verts, le Rhin ivre, et elle me répondait la Seine, le pont Mirabeau et nos amours, faut-il qu'il m'en souvienne… J'aurais donné ma main à couper que Sammy ignorait Apollinaire, Camus et toute littérature. Alors, qu'est-ce qu'il pouvait bien comprendre à une Allemande… ? Moi, c'était comme si j'avais la Lorelei pour amante !

Et puis, dans la nuit bien avancée, à l'entrée du Friedhofsweg, je la quittais à reculons comme la veille, notre petit jeu d'Orphée et Eurydice se perdant au seuil des enfers, au bord de la vie, et alors qu'elle disparaissait, que je ne la voyais presque plus, elle a dit :

– « Oui je veux vous aimer, mais vous aimer à peine. » Tu vois le dégât, papa… ? Foudroyé, Apollinaire entre les deux yeux ! Elle venait de me lâcher une bombe en plein cœur et j'étais foutu ! Terroriste du sentiment ! Pile le vieux mythe revécu : l'impression du type qui va chercher sa femme en enfer et peut pas s'empêcher, malgré l'interdiction, de la regarder avant d'être au jour. Orphée et Eurydice. J'ai eu une sensation pareille, que quelque chose me coulait des mains, qu'on me donnait et qu'on me reprenait du même geste. J'en aurais explosé le calvaire au coin de Friedhofsweg ! J'ai pissé dessus. À cause des bières.

Le lendemain, dès l'aube, Theodor m'a réveillé : tournée des chantiers. Dimanche. Sonntag. Ja. J'avais promis. On est partis dans sa Karmann Ghia. Il parlait, parlait, des JO à Munich, de la cérémonie d'ouverture à quoi ni Inge ni moi n'avions fait attention, des premières médailles, de ci, de ça, qu'on pourrait bien, nous, Français, remporter le 110 mètres haies et que et que, et puis s'inquiétait si on avait mauvaise opinion des Allemands à cause de la RAF, la Rote Armee Fraktion, des bandits qui mettent des bombes partout mais merci mon Dieu, ils sont en prison… On aurait dit que Sammy lui avait donné une leçon de trouille… ! Saoulant. On a visité ainsi, toute la matinée, des décors plus ou moins finis, apprécié des comptoirs cirés, des dentelles de bois brut au-dessus de crédences à chopes, repensé le trajet des serveuses entre les pompes à bière et les tables, discuté couleurs de tissus pour les rideaux, vernis pour le mobilier et le lambris des murs. Chaque fois, personne ne posait la question, on nous mettait d'autorité une bière mousseuse au poing et Gesundheit, santé… ! Sur les midi, j'étais fin rond et Theodor en riait de toute sa bedaine.

C'est après, écoute bien papa, et j'ai oublié le nom du village, tout proche de Fulda, et celui du Biergarten dont Theodor devait entamer la rénovation sous peu, c'est dans l'après-midi que j'ai dessaoulé d'un coup.

Notre dernière visite avant de rentrer.

Theodor montrait des esquisses au patron, moi je pensais à Inge en ballochant entre les tables, total ivrogné. Et je devais avoir le déséquilibre menaçant parce qu'un type avec un petit chapeau à barbe de chamois, la soixantaine élégante et très raide, m'a invité à m'asseoir : setzen-Sie sich ! Il était seul à la Stammtisch, une large table ronde avec une plaque de cuivre au milieu et les noms des habitués gravés dessus…

Fallait pas être grand clerc pour comprendre que j'étais français. En revanche pour me demander tout de suite, et dans ma langue, si je ne venais pas du nord de la France, il fallait une bonne raison. La sienne était excellente : il avait passé une partie de la guerre dans le Nord-Pas-de-Calais… Et moi, va savoir pourquoi, l'ivresse, ma satanée habitude de faire le malin, monsieur je-sais-tout, je me suis mis à parler d'Adrian, qu'en deux jours je rencontrais deux anciens soldats allemands qui connaissaient ma région… Et puis, tellement fier, j'ai raconté ton histoire d'otages héroïques. J'ai eu du plaisir à ce récit, c'est ça l'impardonnable, que je me sois haussé du col à chanter tes exploits, papa, et que, sans le savoir, parce que je suis un m'as-tu-vu, je te trahissais de nouveau… Parce que la barbarie d'autrefois s'est avancée au grand jour, simple et cordiale. Ordinaire. Sans signes avant-coureurs, rien, pas d'enfers entrouverts, pas de cris de damnés résonnant alentour. Mon type n'avait pas cessé de sourire, de s'exclamer, d'ouvrir des yeux ronds jusqu'à la fin de mon petit conte quand il a compris que la prestigieuse armée allemande s'était fait berner par l'héroïsme simple de petites gens. Là, du gras du pouce il a astiqué la plaque de cuivre machinalement et, les yeux dans les yeux, m'a dit qu'il aurait bien aimé savoir tout cela à l'époque… Parce que cette affaire du sabotage du transfo de la gare de Douai, lui aussi l'avait vécue ! Il ne se souvenait pas de toi, papa, ni de Gaston, mais ne reniait rien de son propre rôle dans cette farce. Oui, d'après la période que j'avais mentionnée, c'était bien lui, officier supérieur en charge de la place de Lille, qui avait signé l'ordre d'arrestation des quatre otages puis celui de déportation… Quel dommage, quelle honte même pour un ancien cadet militaire comme lui, de n'avoir pas compris qu'il tenait en otages les vrais coupables du dynamitage et n'avait qu'à les faire fusiller… Tiens, toi papa, et Gaston, si vous aviez été des hommes d'honneur, vous auriez dû vous dénoncer, ne pas attendre qu'une erreur de ses services vous sauve… Mais bon, chacun sa morale… Lui, c'était son devoir, n'est-ce pas, de donner l'ordre de faire au mieux… ? Torturer, fusiller, déporter, bien entendu des subalternes s'en occupaient… Lui on ne pouvait l'en accuser… Tout comme ça avait été son devoir de collaborer avec les Américains après la défaite du Troisième Reich… Même, ils avaient failli le convaincre d'entrer dans l'organisation Petersen aux côtés de Klaus Barbie, recruté, protégé, pour lutter contre les communistes… ! Parmi les proies qu'il avait négociées, une seule avait échappé à la CIA : Von Ribbentrop, arrêté par un Anglais quelque part vers Hambourg… Ses amis américains lui avaient presque demandé raison de ce qu'ils soupçonnaient être une trahison… Il en riait presque… Et revenait à ton aventure, me regardait, cherchait à retrouver tes traits d'autrefois sur les miens… Il t'avait condamné à mort, puis gracié et envoyé vers une autre mort, la déportation, il avait eu ce pouvoir exorbitant sur ta vie et en parlait comme d'un souvenir tendre… Ah ! Lille, la brasserie Jean, au coin de la rue Faidherbe, face à l'opéra… ! Que de fêtes il y avait données… ! Il reprenait possession, nous renvahissait avec sa mémoire maniaque du pavé lillois ! Et le comble : il se réjouissait, papa, que tu en sois sorti sain et sauf, bravo pour ton évasion… Il avait cette impudence calme, cette insupportable politesse du bourreau… Il m'a demandé ton prénom, ton nom, a voulu me faire noter le sien, que je le rappelle à ton bon souvenir… Tout ça sans ôter son chapeau… !

C'est là que Theodor s'est mis à chanter, large et profond, à faire choir tous les murs et couper le sifflet à tout le monde, et heureusement, sinon, sinon…

Il a chanté *Le Temps des cerises*. Bien sûr j'avais pas entendu tout le silence qui s'était fait dans la salle pendant la péroraison cynique de l'Oberoffizier, mais tout le monde s'était tu et Theodor avait lâché ses plans et au moment où j'ai repoussé ma chaise, il était dans mon dos et entamait, hésitant, son français tout berloquant au long des vers, « Quand nous en serons au temps des cerises… »

Et tout ce temps où il matraquait sa chansonnette, il me prenait à bras-le-corps, il m'attrapait la main, me tirait, me guidait vers la porte alors que je lui échappais, cherchais à charger, il me reculait entre les tables... On aurait dit deux danseurs maladroits, deux gamins de rien à leur premier bal... Et tout ça sans qu'il cesse de chanter, à pleine voix, comme un chant guerrier plein d'amour et de peine « Je ne vivrai pas sans souffrir un jour... » Il a été admirable. Plus touché sûrement que moi. C'était l'Allemagne entière qui devait laver la honte et qui faisait faux bond aujourd'hui... ! Lui, il avait pas les moyens d'avancer chaque jour tout seul la rançon de barbarie à la place de tout le monde... Sinon de ce chant de révolte français... Et l'autre, le seigneur des lieux, le roi de ce jardin à bière, il marquait la mesure de son doigt sur la plaque de cuivre et nous narguait, navré de mon attitude déplacée.

Dehors, avant de remonter en voiture, une fois finie la chanson, que « Je garde au cœur une plaie ouverte... », Theodor a pris toute la malédiction nazie à pleine poigne et il m'a claqué deux bisous et puis il m'a tenu comme ça, à bout de bras, en dodelinant de la tête et en disant des gros mots tout bas, et puis un soupir et il m'a remonté en auto. Moi au volant. Pas seulement qu'il se savait trop saoul et tellement remué pour conduire, mais pour montrer son hospitalité, braver les vieux dragons vert-de-gris que je venais de réveiller. Et c'était courageux : derrière les fenêtres de la Bierstube, on perdait pas une miette du manège. Et les lèvres bougeaient, ça ricanait, ça caftait. On racontait nos bravades au junker, le seul à être resté assis, à pas daigner accompagner la sortie des vaincus.

Et puis, en conduisant, à cause d'un Theodor fin cuit à mes côtés, réfugié dans son ivrognerie, l'idée m'a traversé : et si c'était quand même un homme cet officier supérieur, lui aussi, avec ses compromissions d'après-guerre… ? Et si, tous, à son égal, nous pouvions toucher ce degré de barbarie, rien qu'en détournant le regard… ? Parce que j'ai un peu manqué d'héroïsme, tu vois, j'ai pas été le vengeur, le justicier implacable. Ça m'a fait un grand blanc, une totale incompréhension de l'histoire. Presque, j'ai vécu l'instant comme l'effleurement d'un geste déplacé, une faute de savoir-vivre. Sûr que j'ai bondi. Et que Theodor m'a obligé à rester digne. Mais j'ai rien fait, possible même que j'aie dit l'irréparable, que je me sois excusé à ta place, que j'aie baissé mon froc. Par habitude de politesse, même avec les assassins… Je sais plus. Je me souviens que des cerises de Theodor. Et désormais je porterai cette incertitude comme une marque d'infamie, une désignation au mépris… Dis-moi, papa : est-ce que j'ai été lâche en me levant, en m'éloignant de la table à reculons… ? Est-ce que j'avais l'intention de le cogner… ? Même habillé cher, et de l'arrogance en veux-tu en voilà, c'était presque un vieillard, il serait mort d'un courant d'air… Non, c'est pas vrai, je me cherche des excuses. Parce qu'il tonitruait l'animal, à son âge, et l'œil vif et la main sûre, il t'aurait signé encore des bansées de déportations, des fusilleries autant que tu voulais… ! T'aurais fait quoi, toi, papa… ? Tu l'aurais tué, tu lui aurais craché au visage, tu aurais couru le village en hurlant l'infamie, qu'il soit définitivement déconsidéré… ? Hein… ? Comme si tous ces gens, là, connaissaient pas son passé… Évidemment que justement, avoir eu un tel grade dans la Waffen SS, avoir eu droit de vie et de mort, risqué le tribunal de Nuremberg à la Libération ; c'était ça qui faisait de lui un héros local. Ici, il était intouchable, un dieu qui aurait traversé le crépuscule sans dommage… Non, je crois que t'aurais mis ton nez rouge, t'aurais attrapé une saucisse, une Bratwurst, et hop ça devenait un cigare, tu prenais une bouteille de bière et tu jouais de la trompette avec, tu voulais te retourner pour appeler le garçon et tu te renversais en arrière, patatras et hop, debout comme un ressort, tu baisais la main de la serveuse, tu lui chipais son corset de belle Bavaroise, tu te bricolais des tresses avec des bretzels blonds, t'étais une servante faussement pudibonde, ou bien tu semais de la monnaie à tout-va, t'étais un nabab de comptoir complètement schlass, un résidu des anciens fastes, tu l'aurais singé, le surhomme… T'aurais trahi ta légitime colère, en oubliant ta vengeance t'aurais nié ses crimes, t'aurais gagné contre le mal absolu en te trahissant et en le tournant en douloureuse dérision… ? Hein, papa, que tu lui aurais montré, qu'il en aurait eu honte… ? Dis-moi bordel de Dieu, papa, t'aurais fait quoi… ? L'auguste, hein, comme d'habitude, le clown triste et affable, bonjour les petits zassassins… ! Parce que moi, tu comprends, j'ai besoin de savoir, si j'ai pas été le dernier des derniers, la carpette, si je suis encore digne d'être un homme… ! Parce que moi, papa, je sais pas, j'ai que des lois et des décrets dans le crâne, j'ai pas la terrible arme de l'humour et de la dérision, que des envies de plainte devant la Cour européenne, toujours mes réflexes de bon élève légaliste… Dis-moi que oui, que j'ai raison, que tu lui aurais montré de quoi tu te souvenais, de Bernd Wicki ce clown divin, dis-moi, parce que sinon, faut que j'y retourne, tu comprends, avec un couteau, un fusil, que je creuse un trou, un grand, dans un champ par là-bas, comme celui dans lequel il t'avait fait jeter, et que je le balance dedans ce trou, et que, en mangeant tout mon saoul, en buvant des bières comme il aime, en lutinant les servantes et faisant enregistrer ma vengeance au bureau des crimes autorisés, j'attende qu'il crève au fond… ! Jamais tu ne me dirais ça, papa… !

De toute façon, j'en suis encore quitte à bon compte puisque c'est tout out, qu'il est plus question de vendetta entre nos peuples. Et surtout pas en souvenir des crimes anciens.

Sauf que le soir même, Inge… Fallait que je lui déballe mon cœur gros… J'ai enfilé le Friedhofsweg en prévoyant de faire toutes les maisons pour la trouver et justement elle arrivait dans son Auto-Union… Volubile, caquetant du bec, je lui ai raconté le tout, de A à Z, avec des grands élancements et des trémolos, ton transfo, p'pa, les otages, et puis la cruauté, pour moi ton fils, de rencontrer trente ans après ton tortionnaire, pas repentant du tout, inconscient de sa culpabilité… Le temps de descendre en ville, j'ai bien senti que je venais de gaffer pire qu'au tango du premier soir, que je la perdais, question d'heures, de jours. Si tu avais vu la rage… ! D'un coup, elle s'est nouée, presque laide, livide et exorbitée, et oubliant presque de conduire, à nous verser au fossé ! Elle m'a demandé de lui décrire ton bourreau, p'pa, la barbe de chamois à son chapeau, la couleur rouge du liséré à sa veste bavaroise… Ach ja, le bel Allemand que voici… ! Elle dégueulait mon manque de courage, ma lâcheté, elle a prononcé le mot, et que j'avais dépouillé toute dignité à ses yeux, que j'avais remis ma liberté et la tienne, par le fait, à un criminel, un criminel… ! Elle se raidissait, devenait lisse. Comme si j'annulais par ma complaisance la haine des nazis qu'elle me criait tout à coup, que j'empêchais la rédemption de l'Allemagne, comme si j'étais indigne de l'héritage de justice et que je te reniais, papa… Comment, comment elle pouvait être allemande après ça… ? Sinon en étant complice… ! Moi, en tout cas, j'étais complice de l'oubli… ! Elle mélangeait français et allemand, que je comprenais pas tout mais sa main qui faisait signe que je la ferme et que je garde mes distances, ni bisou ni mon bras à ses épaules, Ruhe, bleib still, tranquille, calme, comme à un chien trop frétillant de la queue, ça oui, l'humiliation et le dédain je recevais cinq sur cinq… Allez rattraper ce genre d'accroc entre amants débutants… ! Facile pour elle : son père, bienfaiteur d'Adrian, elle avait des raisons d'en être fière… Entendons-nous bien : moi aussi je suis fier de toi, p'pa… ! Tu verras… Mais là, je savais plus quoi, elle me battait froid, ou chaud, je sais plus, je te dis que ça… ! Elle chantonnait *Lili Marlène* à tempo précipité, comme pour jeter un sort, haussait la voix si j'essayais de parler.

D'autorité elle a fait le tour des brasseries du coin. Tâcher de mettre la main sur le vieux nazi, et que je lui demande des excuses… ! Je trouillais total de revivre mon après-midi sous ses yeux. Elle passait lentement le long d'estaminets, m'interrogeait du regard. Je secouais la tête. Non, je faisais signe que c'était pas là, non. Y compris quand on a ralenti devant le Biergarten où j'avais parlé à l'officier. Il restait une lampe allumée dans la salle vide, on fermait. J'ai encore dit non, sans regarder Inge. Je ne sais pas ce qu'elle aurait fait si j'avais dit, oui c'est là. Quant à moi…

Ce qui fait que, toujours ce même soir, elle a cherché Sammy, insistant pour que je reste avec elle. Qui sait ce qui se serait passé si elle l'avait trouvé tout de suite. Peut-être tout était fini entre nous, la suite n'aurait pas eu lieu et j'aurais eu une égratignure à l'orgueil viril deux ou trois jours, je l'aurais oubliée, vite remplacée par une Gretchen sans états d'âme et hop là… ! Mais non, nos destins sont restés bien encrinqués l'un dans l'autre…

Elle a attendu longtemps au bout du comptoir du Palette, moi à l'autre bout. Jusqu'à ce que je tienne plus. Porteur de chandelle, spectateur de la revanche de Sammy, non merci. Je suis sorti en la frôlant. Et en laissant devant elle, comme le gage nunuche d'un amour de gosse, le vieux billet de cinéma, celui du dimanche du *Pont*, tout chiffonné. Sans préciser évidemment que je lui offrais là mes trésors intimes et ma vie. Et ce qui encore aujourd'hui me tient debout… Je suis rentré à pied. Toujours au trente-sixième dessous.

Le lendemain lundi, elle grattait à ma fenêtre, faisait peur à Lohengrin venu me jouer ses opéras musclés pendant que je me rasais et elle me pressait de commencer ma tournée des clubs de foot. Bien fat, j'ai pensé que j'avais l'instinct de manier les demoiselles à la baguette. Le ticket de ciné et le dédain grand seigneur avaient opéré cette magie : Inge venait solliciter son pardon. Ouais…

Elle n'a rien dit du tout de sa scène de la veille, de mes bouleversements, ni de mon ticket fétiche, certainement déchiré, jeté, brûlé… Après, elle a affecté de se taire complètement, d'être juste là, mais elle portait une courte jupe plissée, une large ceinture sur un pull ajusté, long, et un joli médaillon d'or gravé : coquetterie, coquetterie ! Je n'ai rien demandé. Elle avait ses yeux de mystique cramée d'extase et moi, je suis pas un saint… Son baiser rapide payait ses caprices de la veille, et au-delà… J'ai forcé sur l'aftershave pour attirer d'autres embrassements. Trop tôt : elle a froncé le nez, s'est dérobée, s'est remise à fredonner *Lili Marlène* avec des airs de vamp, et on est montés dans l'Auto-Union. Qu'il a fallu retourner avant de démarrer.

En fait, toute la journée, on a traîné la semelle dans la région. Le foot sous toutes les coutures. J'ai repensé à toi, à tes gendarmes félons d'Hénin-Liétard qui t'ont dénoncé à la Gestapo… Ici j'ai rencontré des fiers-à-bras, des sans-mémoire persuadés que la coupe du monde de foot efface toutes les guerres, surtout quand l'Allemagne gagne en finale, et puis des humbles, des concierges de stade qui ont transformé, la guerre durant, des chirurgiens juifs, des avocats, des femmes de banquiers, en filles de buanderie, préposées au lavage des maillots, en tondeurs de pelouses, en ouvriers d'entretien… Et qui, avec la complicité des joueurs du club, de certains dirigeants, les ont sauvés de la solution finale… Jamais ils s'en sont vantés, jamais ils n'en ont tiré profit… Des gens de la sorte, et Adrian et

Roselyne, ici, en Allemagne, pareil que chez nous, c'est l'impossibilité à renoncer à toute humanité… Cette journée, à vider des chopes avec des types dont les doigts tremblaient sur des vieilles photos, chuchotaient un prénom, Jakob ou David, et s'arrêtaient net, la respiration courte, laissaient filer des larmes sur les sillons de leurs joues ridées, des vieux Aryens zyeux bleus, costauds à poil dur et peau de croco, qui auraient tué pour un but refusé contre le Bayern ou l'Eintracht et chialaient pour des copains juifs ou tziganes en allés. Inge, à la première émotion, s'éloignait, sortait ou regardait le bougre avec des yeux de commissaire du peuple traquant le traître.

Jusqu'à l'après-midi qui s'effilochait, ma liste de sièges sportifs épuisée. Inge n'avait toujours guère desserré les dents depuis le matin. Pire, elle s'était assombrie et, toute la remontée vers Petersberg, j'en battais la chamade. Faut pas sortir de Saint-Cyr pour comprendre que j'étais congédié, qu'aujourd'hui nos amours étaient mortes. Cette nuit, après mon départ du Palette, Sammy avait dû faire monter les enchères, obtenir pour Inge la couverture journalistique d'une journée des JO de Munich, ou je sais pas quoi lui promettre, mais la reconquérir... Là, elle préparait son couperet, ma répudiation. Et puis on a traversé un village au pas, vraiment au pas, j'ai même cru qu'Inge voulait me faire admirer l'énorme Maibaum, l'arbre décoré de guirlandes, sur la place... Et hop, caprice, toujours son air de Prussienne fâchée, un peu comme Françoise quand elle fait une faute d'orthographe, elle stoppe net devant une église moderne, murs bruts de décoffrage et verres de couleur, et elle entre.

Toi papa je te connais, t'aurais retrouvé ton patois en même temps que tes convictions de mécréant et tes blagues de clown amateur ! T'aurais parlé de garage immense, ou de grange, qu'on pourrait faire bal ici, ou mieux : des ducasses à pierrots pour l'amicale laïque... ! Dans une église, je te demande un peu... ! Je te vois d'ici, mouliner des bras dans l'allée centrale et parler tout fort : ici la graisse de cheval pour les frites, là les pierrots, des saucisses à griller, et là, bien sûr, les pompes à bière… ! Moi je me sentais tout vergogneux, conscient d'être désormais rayé de la carte. Chauffeur, esclave, elle m'aurait mieux traité… ! Alors après tout… ! Je l'ai suivie.

Elle attend au fond, devant l'autel, dos tourné et, tout estomaqué par le lieu, comme si j'étais à l'intérieur d'un chou-chantilly en béton. Rien de droit, pas un pan rectiligne, pas de colonnes, tout dans l'équilibre des volumes de matière… ! Nom de nom la performance architecturale… ! J'ai la chair de poule pendant que j'essaie de pas faire de bruit jusqu'à elle et qu'évidemment j'en fais plein à buter dans les bancs… On dirait le décor expressionniste d'un vieux film, tu sais, avec les maisons tout de travers, les gens maquillés à mort… Et moi j'en perds mes repères d'équilibre… Au point qu'elle se retourne quand je fais tomber toute une pile de livres de messe et que je me bousille le coude en cherchant à les ramasser. Tu aurais apprécié l'effet de clown, papa, digne de toi. En tout cas Inge s'est retournée et peut pas s'empêcher de rire. Je suis à genoux à essayer de rassembler les damnés bouquins qui le font exprès de foutre le camp, de m'échapper, de se planquer sous les bancs, comme les sabots du château, saloperie d'objets allemands vous m'aimez pas, et elle vient se mettre à mon côté, et elle me dit voilà, c'est son père qui a construit cette église, c'est un homme de paix, un humaniste… Ses œuvres sont sa façon de rechercher l'unité des hommes, de proposer la concorde universelle…

Il y a son nom gravé sur une plaque près de l'autel « Dr Erwin Sonnenschein. Architekt »…

Ah ! elle s'appelle aussi Sonnenschein, donc, Inge « clarté du soleil… ? » Évidemment ! Eh ben, eh ben… Je dois avoir l'air nigaud à lever le nez, reconsidérer l'envolée du plafond, la beauté des vitraux, tout cet appel à Dieu, cette musique couleur de jour dans une sorte de bunker sacré… Qu'est-ce que tu veux dire : bravo, chapeau, ahlala, t'en prends plein ton petit orgueil, et voilà ! Pas que j'aie eu honte de nous, papa, de nos petits moyens et qu'on soit des gens ordinaires, tu sais bien, c'est fini mes mépris, mais Inge, tu comprends, fille d'un bâtisseur de cathédrale, quand même, qu'est-ce qu'elle doit en être fière de son père, elle a jamais douté de lui comme j'ai fait moi, crétin, quand je ne connaissais pas encore tes raisons de faire le clown en amateur... Et avec un père ainsi, c'est Thérèse d'Avila et toutes les fiancées du Seigneur que j'ai là à mon bras... Bien sûr je ne suis pas digne... Moi le collabo du lendemain, celui qui n'ose pas crier justice pour les siens... Et Inge a pris ma main, je sens son émotion, qu'elle est au bord des grandes larmes, on est agenouillés face à l'autel, avec toute cette lumière qui nous oint le front, c'était mon tour d'extase, p'pa... ! Et puis Inge s'est dérobée à mon baiser, braoum, je me suis rétalé bien raide contre le banc, et toutes les piles de livres, du premier au dernier rang, ont frémi avant de s'écrouler ! Ça a fait comme un grand applaudissement... On est sortis en courant et en pissant de rire, coursés par un moinillon qui dérapait dans ses sandales... !

Le pire, papa : Inge s'était garée dans le sens inverse de la pente, il a encore fallu pousser pour démarrer la grenouille pendant que le moinillon avait tout le loisir de nous excommunier à grands coups de postillons et de latin frelaté. Et moi je lui criais de se taire, que le père d'Inge avait bâti cette église, alors hein, c'était pas une zique de désordre qui allait faire péché mortel, hein, qu'Inge, par droit héréditaire, et moi, vu mon amour pour elle, on avait du piston auprès de Dieu… !

De ça aussi on a ri comme des bossus après, aux débuts de la soirée, en grignotant des Knödel et des Schnitzel, dans une brasserie redécorée par Theodor, peut-être. À cause de ces âneries de potaches, Inge allait mieux, seulement traversée de silences soudains, mâchonnant *Lili Marlène* entre ses dents, me regardant comme si elle m'en voulait encore de ma reculade devant ton bourreau, p'pa.

Alors j'ai fini ma confession. Donnant-donnant. Elle m'avait montré son père dans ses œuvres, je lui présentais les clowneries du mien, l'hommage que tu avais rendu à Bernd ta vie durant. À la fin, Inge a juste penché la tête et en même temps que je pensais qu'elle avait le visage de Garbo la brune plutôt que de la blonde Dietrich, que j'avançais la main pour lui caresser la joue, toujours maladroit, je bouscule son sac à bandoulière abandonné en bord de table et en tombe une arme, un pistolet qu'elle pose le long de son assiette comme si elle rajoutait un couvert pour la mort. Tu penses que j'en ai attrapé une suée et que je lui ai fait ranger ça aussi sec… !

Je comprenais plus rien à Inge : d'abord cette séductrice citant Camus, puis une passionaria antinazie, puis une midinette fascinée par un soldat américain et prête à se vendre pour obtenir un poste de journaliste sur une chaîne de radio US, et puis quoi maintenant avec cette arme… ? Elle serait pas une terroriste de la bande à Baader, par hasard… ? Elle ne s'est pas démontée… J'avais deviné pile. Oui elle en était. Du 15 Juli Kommando pour être exacte… ! C'est en souvenir de gens comme toi, papa, d'honnêtes résistants, qu'Inge militait ! Parce que l'Allemagne a triché, qu'avec l'aide des hypocrites USA elle a escamoté sa défaite, qu'elle ne paie pas le prix du mal absolu dont elle s'est rendue coupable. En 51 le chancelier Adenauer s'est engagé à « une réparation matérielle et morale des crimes indicibles commis au nom du peuple allemand » ! Promesse non tenue ! Alors Inge pouvait aussi bien me l'avouer maintenant : la RAF, les contacts avec les anciens des commandos Petra Schelm ou Manfred Grashof, les projets de faire évader de leur prison Enslinn, Baader et Meinhof, ce serait sa forme de résistance à elle ! Contre cette Allemagne de l'argent, qui a traversé la guerre sans dommages comme les riches membres du Reiterklub, y compris son père et sa famille, bien sûr que oui, même son père avec ses églises qui n'effaceraient aucun crime, contre cette Allemagne du luxe, sans mémoire, ni remords, ni regrets, complice de l'impérialisme américain qui extermine le peuple nord-vietnamien comme les nazis ont exterminé les juifs dans la solution finale… Tandis que le peuple, Adrian, Roselyne, les petits, eux se souviennent d'Auschwitz et de Dachau, il ne veut plus avoir honte et il sait que la Fraction Armée rouge ne s'attaque qu'aux puissants et aux agents de l'impérialisme… !

Je devais avoir l'air complètement béat, ahuri, parce qu'elle a arrêté son réquisitoire, s'est penchée par-dessus la table et hop là, un bisou comme un papillon, au coin des lèvres… ! Fallait pas que je m'inquiète… Pour libérer ses militants, atteindre ses objectifs, ne plus être le bouc émissaire désigné à l'opinion allemande réclamant ordre et sécurité, la RAF devait changer de méthodes… Inge allait devenir journaliste et déplacer le terrain de la lutte… Mais évidemment, à compter de tout de suite, il vaudrait mieux pour moi ne plus me faire d'illusions et l'éviter dès que possible : un futur haut fonctionnaire français et une terroriste allemande c'était pas tip-top… ! D'ailleurs elle avait vu Sammy la nuit précédente, après mon départ du Palette, et avait accepté de l'épouser… Pour le coup, elle m'achevait à la traître. L'aumône d'un bisou menteur, pas m'inquiéter, l'éviter, la laisser épouser l'autre… ! Comme elle y allait… ! C'est là que je me suis rendu compte que, même femme cruelle, la duplicité à ras de ses beaux yeux, je ne voyais plus le reste de mes jours sans elle, que désormais elle seule m'importait. Mais j'ai pas pu lui dire, rien que faire mmm et serrer les dents.

Elle m'a ramené chez moi. Me reprenait dans une heure pour attraper le train de nuit : direction Munich et les JO ! Sammy devait nous introduire au village… J'étais flapi, anéanti, laminé feuille à cigarette… !

Theodor m'attendait pour me faire goûter des bières parce que la petite dernière, Brunhild, faisait ses dents et l'empêchait de dormir. On a chanté *Le Temps des cerises*. Faux bien entendu. J'ai avoué ne pas savoir jouer de l'harmonium. Et être amoureux d'une future ancienne terroriste de la RAF qui allait marier, par intérêt professionnel, un Noir américain aux cravates moches. Et que j'en crevais. Mais que je partais à Munich avec elle cette nuit même.

Le déchirement d'amour, c'est encore de l'amour, non... ? Ach, ja, Theodor faisait la grimace. Il m'a conseillé de pas répondre à son coup de sonnette, ou de foncer lui dire un poème en allemand avec de l'amour dedans puis de l'épouser. Bon. Entendu. Faudrait que je fouille mon fonds de poésies, *Erlkönig*, *Kassandra*, ou... On a rebu une bière et tâché de jouer *L'Hymne à la joie* sur l'harmonium. Vite on s'est aperçu que même Lohengrin était meilleur que nous. Alors on a cogné comme des sourds sur le clavier, en hurlant de rire et en descendant chope sur chope. J'ai tenté *Lili Marlène*, cahin-caha, mais Theodor m'a arrêté : Marlène Dietrich a eu le courage de quitter l'Allemagne, d'aller aux USA, en France et puis de revenir seulement en 69 chanter les mots d'avant, obliger à la mémoire, tu comprends... ? On fait pas des fausses notes sur ses chansons... O.K., jawohl Theodor, pardon... Et puis, dehors, Inge a donné un léger coup de Klaxon. Pourquoi je suis sorti, pourquoi je suis pas resté à me saouler, vu que j'étais vidé, renvoyé de la vie et des avenirs sentimentaux d'Inge, pourquoi j'ai couru rejoindre ma traîtresse, allez savoir... ! Theodor m'a accompagné jusqu'à la grenouille, a reconnu Fraulein Sonnenschein, lui a bien dit bonsoir et m'a fait une autre grimace, genre que ce serait pas facile, que la belle avait du chien, et, avant que la grenouille ne m'emporte, il m'a embrassé, fort, ému, comme si je partais pour la guerre.

C'était le lundi soir. Inge s'était mise fort chic en pantalon et pull noirs, avec juste l'éclat d'or de son médaillon au cou. Et son grand sac à bandoulière. Dans le train j'ai bien essayé d'appliquer le plan de Theodor, de bredouiller des vers mais il me revenait que ceux d'Apollinaire, la « chanson d'amour et d'infidélité qui parle d'une bague et d'un cœur que l'on brise » et pas le poème dont ça parle, une histoire de roue de moulin et de vouloir mourir, que je retrouvais pas... Avec tout ça, Inge s'est endormie contre mon épaule et je lui ai parlé d'amour toute la nuit. Elle n'a rien entendu ou elle a fait semblant. J'aurais voulu savoir le *Chant des partisans*, la bercer avec, mais non...

Le lendemain, mardi 5 septembre, dès l'aube, on arrivait au village olympique. Sammy, saloperie de chien fidèle au poste, allait nous y faire entrer. Inge aurait la possibilité d'interviewer Mark Spitz, le nageur américain d'origine israélite, et Heide Rosendhal, championne du saut en longueur, déjà médaille d'argent au pentathlon... Qu'est-ce que je pouvais offrir, moi... ?

D'abord tout s'est déroulé impeccablement. Sammy nous attendait. Avec sa cravate Betty Boop. Et son laissez-passer en sautoir comme pour masquer la cravate. Il nous a permis d'éviter les contrôles. Il souriait parce que des athlètes US étaient rentrés de goguette tard cette nuit, avaient rencontré neuf Brésiliens, des noctambules comme eux, mais si maladroits qu'ils étaient paumés, encore chargés de leurs sacs de sport, saouls à hurler de rire, et tous s'étaient entraidés pour passer au-dessus des grilles, se faire la courte échelle... Sammy a fermé les yeux, comme pour nous à l'instant, et en rit encore : tu vois, les JO c'est vraiment l'amitié universelle... J'ai laissé

Inge le prendre à l'écart un instant, lui parler. De quel droit je les aurais empêchés : ils étaient fiancés, le journaliste américain et la terroriste allemande anti-US... Quand ils sont revenus à moi j'ai bien vu le regard de Sammy, de la pitié à ras les prunelles : à l'évidence Inge venait de lui répéter que oui, elle l'épousait, my darling et tout le tremblement... ! Et lui, le cœur à la breloque, oh ! il songeait pas au *vae victis*, c'était une demi-seconde de compassion pour le vaincu et basta così ! Humain et tellement poli, même plutôt gêné qu'Inge se serre contre lui, leurs corps si accordés... ! Tout de suite, il nous a expliqué qu'on allait passer par Connoly Strasse, dans le village, pour rejoindre les quartiers américains et Mark Spitz... On avait le temps de visiter : à huit heures moins cinq tout le monde dormait encore... Là-bas le petit pavillon de deux étages c'était celui de l'équipe israélienne, en face, les deux grands immeubles de la DDR, la République démocratique allemande... Moi je sentais plus rien, anesthésié, je tournais fou, infoutu d'envisager

Inge avec un type qui porte de telles cravates… ! Et je sortais mes armes les plus honteuses, je caftais : est-ce que Sammy aimerait encore Inge, tiens, s'il savait qu'elle était complice des assassins de quatre Américains à Francfort et Heidelberg… ? Je me souviens que le temps s'est chiffonné sur une demi-seconde… Sammy ne m'écoutait pas, levait le bras pour montrer le pavillon israélien, des silhouettes bougeaient sur le balcon du second étage, je demandais, presque hystérique, saisissant Sammy à l'épaule, est-ce qu'Inge avait avoué à son futur mari qu'elle avait un pistolet sur elle parce qu'elle appartenait à la RAF, organisation tueuse d'Américains, et ce pistolet elle le sortait, me le tendait en le pointant vaguement sur moi, exactement comme des policiers en tenue de commando débouchaient par la droite…

Inge est tombée avant que j'entende le bruit de la détonation. Tellement bousculée par la balle qu'elle en a perdu une chaussure… Et moi j'étais contre elle, j'essayais de la soulever, de la remettre sur pied, un bras sous ses épaules, la main gauche agrippée à sa main droite, comme la première fois, ce tango raté, et c'est elle qui ne dansait plus, pesait, me tirait vers le bas… Tout ce sang qui lui venait aux lèvres, perlait le long de la chaîne du médaillon… Et je pouvais pas la mettre debout, je pouvais pas…

Elle a levé une main, m'a touché le visage et déjà c'était trop tard, elle me voyait plus, regardait déjà de l'autre côté de la lumière :

– « Oui je veux vous aimer mais vous aimer… »

À peine si j'ai entendu… C'est moi qui ai fini… Et plus rien, nichts mehr, morte, gestorbene, on s'en fout de la langue qui pense ça, il y a pas de langue des vivants et de langue des morts, n'importe quel mot suffit, par contraste, à dire le silence, la douleur, le néant, la jeunesse ôtée, ce scandale d'un corps magnifique, rempli d'années possibles et d'amours et d'enfants et de folies, cette flambante réserve de vie, ça, sans le souffle, éteint d'un coup. N'importe quelle langue parce que c'est l'absence qui poigne, pas le mot que tu peux plus dire à personne ! T'es bien avancée maintenant, Inge… Tu m'as laissé avec mes remords et tout ce que je t'ai pas dit…

Et puis tout est parti à la renverse, empoigné, cogné, des ordres en allemand plein les oreilles, je me suis retrouvé la joue contre le bitume, les bras tordus dans le dos, près du corps d'Inge dont les yeux me regardaient encore. Et ce regard-là, p'pa… Je crois que maintenant je vois d'abord le monde à travers lui, que mes yeux ne s'ouvrent qu'après, une fois que j'ai laissé l'ombre de ma fiancée noire regarder tout son saoul…

En même temps qu'ils me palpaient, que je les entendais palabrer nerveux avec Sammy, ils ont vidé les poches d'Inge, ils l'ont fouillée, là, au caniveau, avec son pied déchaussé et tout ce sang qui lui barrait la gorge… Plus Garbo ni Dietrich, les fatales de ma mémoire, rien qu'une jeunesse allemande morte ! Dans le médaillon, ils ont ouvert, il y avait, comme une relique sainte, le ticket de cinéma, celui du fameux dimanche, celui du *Pont*… Et le pistolet, même pas chargé, était de plus hors d'usage… ! Un instant, ils en ont été surpris les types du Sicherheitsdienst, d'avoir tué une gamine désarmée, juste un instant, un instant seulement, avant de redevenir efficaces, d'enlever le corps d'Inge et de nous enfourner Sammy et moi dans une voiture.

Arrachez la grande toile du ciel, roulez le tapis de la terre, démontez-moi le chapiteau du monde, démaquillez les dieux, dépouillez-les de leurs frusques rapiécées et de leurs tatanes trop larges, et vous tous, frères humains du grand cirque, p'tits zenfants et grandes personnes, pleurez, pleurez !

Sammy et moi on nous a traînés dans les bureaux de la sécurité du village olympique. Et on nous a gardés au secret, séparément, pas de téléphone, pas de douches, rien à manger, juste de l'eau… C'est là que j'ai appris : à 7 h 41 un commando de Palestiniens, Septembre noir, faisait irruption dans les locaux de la délégation israélienne, tuaient l'entraîneur de l'équipe de lutte et prenaient le reste en otages. Septembre noir menaçait d'exécuter ces otages si Israël ne relâchait pas deux cent cinquante prisonniers palestiniens. À 7 h 52 la radio du village répandait la nouvelle et les policiers de la Section spéciale intervenaient. Quand Inge, habillée de noir, a sorti une arme et l'a braquée sur moi, juste à côté d'un Américain muni d'un laissez-passer officiel, les snipers pas encore totalement installés et au fait de la situation, n'ont pas réfléchi… ils ont tiré au réflexe. Or, les terroristes étaient les pseudo-Brésiliens que les athlètes US et Sammy avaient introduits dans le village olympique cette nuit avec leurs sacs remplis d'armes… !

Plus tard, une fois les autorités convaincues que je n'étais personne, le consul de France à Munich m'a fait sortir. Inge n'avait jamais rien eu à voir avec la RAF ni ses membres… Toutes ses confidences que j'avais répétées aux policiers avaient été vérifiées. Quelques minutes avaient suffi… C'était une mythomane… Officiellement, la mort d'Inge serait mise au compte d'un suicide après une histoire d'amour impossible pour un athlète… Les journaux étaient déjà en possession d'un entrefilet à passer en pages intérieures… Interdiction d'ébruiter ces histoires de RAF, même fausses… De toute façon personne ne me croirait : la prise d'otages vient de se régler à l'aéroport de Fürstenfeldbrück, à coups de grenades et de mort… Tous les Israéliens sont morts et cinq feddayins… On n'a pas fait de quartier… Quelles balles ont tué qui, Israéliens ou Palestiniens, ce n'est pas notre affaire…

Alors, que je comprenne bien, et, puisque je faisais des études en ce sens, monsieur le consul faisait appel à ma conscience de futur diplomate : nos amis allemands prenaient très mal qu'on vienne à nouveau assassiner des juifs sur leur sol… Ils étaient garants désormais d'Israël, plus que quiconque, et surtout ici… Futur diplomate… Un instant je suis resté debout devant la voiture du consul. Et je me suis vu dans le pare-brise. J'aurais aimé avoir, comme toi papa, le nez rouge des clowns. Et non, j'avais seulement ma gueule de type sérieux.

C'est pas fini, p'pa… Je suis remonté à Petersberg. Sammy m'attendait chez moi avec Theodor et Gertrud. Je n'ai pas voulu l'écouter quand il m'a juré qu'Inge ne l'aurait pas épousé. Oui, elle le lui avait proposé mais il avait refusé parce qu'elle m'aimait, qu'ils s'étaient expliqués dimanche soir, que c'était pas facile à dire pour un New-Yorkais noir et amoureux fou… Maintenant il n'aurait même pas à rendre des comptes, à payer pour sa négligence avec les « Brésiliens »… Trop chaud, trop compromettant pour les USA… Il en aurait chialé… Pas écouté… Pas écouté non plus Theodor quand il a pris ses façons d'ours triste et commencé à bredouiller qu'il avait du chagrin, qu'il connaissait bien la famille d'Inge… Ils piétinaient, s'emmêlaient les pieds dans leurs consolations… Gertrud ébouriffait les cheveux ras de ses fils aînés… Lohengrin attendait devant l'harmonium… J'ai coupé court aux effusions. Juste encouragé Lohengrin à entamer une marche funèbre en un round… Il m'a obéi, je l'ai entendu de la rue cogner les touches…

J'avais à faire un pèlerinage là où rien n'aurait jamais lieu, là où j'attendrais éternellement qu'Inge m'emmène… Au-delà de la frontière où, à chaque soir de cette poignée de journées ensemble, elle s'était évanouie, sans que j'aie le droit de la suivre…

Que je te dise, p'pa…

Après le flanc de l'église, tu te retrouves Friedhofsweg. La maison d'Inge est encore un peu plus loin, passé le cimetière, au bord d'une lande rousse. J'ai marché dans un vent battant jusque dans ma poitrine. Tu m'aurais vu, déjà que je paie pas de mine, alors avec mon bouquet de je sais pas quoi, ficelé dans du papier journal, je faisais flandrin qu'ose même pas faire sa demande et compte sur les fleurs pour que la dulcinée comprenne… Avec cette certitude d'aller rejoindre une fiancée morte.

J'ai même pas eu à sonner.

Il était sur le seuil, le père d'Inge, tout rayé de chagrin, son beau costume de traviole. Le dirigeant du Reiterklub, le bienfaiteur d'Adrian et Roselyne, le bâtisseur de nefs, le passeur d'humanité et l'artisan de ces grands vaisseaux de béton qui emmènent à Dieu… L'architecte du sacré, le père de celle à qui j'aurais consenti tous les ridicules du mariage… Là, au parvis de sa demeure, un vieillard à peine vivant et me regardant comme un cavalier d'apocalypse enfin survenu… Et c'était aussi l'homme de la brasserie, le hobereau rencontré avec Theodor, l'ex-SS à l'aise dans tous les villages alentour, venant souffler sur les tablées d'avant-dîner, comme une légende à peine réelle et de ce fait très acceptable, la nostalgie du nazisme, du Reich destiné à durer dix mille ans et la haine des vainqueurs intraitables, installés en pays conquis, celui qui a signé l'ordre de te prendre en otage, celui qui voulait te fusiller et t'a finalement déporté ! Ton bourreau, papa… ! Mais sans la morgue d'antan, tout secoué par des hoquets de vieux chien. Bien sûr, il m'a reconnu tout de suite, et puis il savait : l'autre soir, Inge était rentrée en furie, hurlant au crime de guerre et il lui avait fallu bien plus que les demi-vérités dont elle s'arrangeait jusque-là plus ou moins bien, qu'elle compensait par sa francophilie… Parce qu'elle savait désormais, il avait vidé son sac, complètement, s'était justifié comme il aurait aimé ne pas avoir à le faire devant son propre sang, et à la fin Inge le regardait en étranger. Elle avait pris le luger…

Alors j'ai compris p'pa, l'ironique et le cruel de notre rencontre avec Inge, tous ses mensonges pour m'éloigner d'elle quand elle avait touché du doigt, des lèvres, senti sur moi, sur ma peau, dans ma honte et ma déglingue, le lien entre toi et son père, tous les crimes de son père débarqués d'un coup dans sa mémoire à elle, dans l'oubli qu'elle consentait depuis si longtemps, le sentiment de culpabilité en plein cœur… D'une seconde à l'autre, j'avais fait passer le repenti, le miséricordieux au rang des déserteurs, le demi-saint, constructeur de cathédrales, du côté des tortionnaires, des employés de l'enfer… ! Oui, elle avait voulu m'éloigner d'elle, m'avait fait son effrayant numéro de la RAF, s'était fabriqué à la va-vite un passé de terroriste pour me rebuter, parce qu'elle avait honte désormais, et quand même grappiller quelques heures avec moi avant de se punir, de faire pénitence et d'infliger un affront à son père en épousant sans amour un Noir américain qui l'emmènerait en exil… Et j'ai compris aussi Theodor et Sammy, ce qu'ils cherchaient à me dire tout à l'heure et n'avaient pas su me révéler à temps… J'ai dû me pencher, regarder de près le vieux dragon. Sonnenschein a ouvert les bras, fait un pas, pour un peu, il me tombait braire dans le gilet… Moi, pas de ça Lisette, j'ai redescendu une marche, bien à distance… Et il était là, ballochant, des bulles de larmes au coin des lèvres, avec, d'un coup, toute la barbarie de la guerre et les douleurs et les enfants morts et les villes rasées et les amants séparés et l'insulte constante à la beauté du jour, tout ça, le mal radical, lui revenait en partage définitif… Il recevait son dû et s'en trouvait rédimé au prix de son propre sang.

Dire que t'es allée racheter cet homme-là, Inge… ! Te souvenir à sa place… Et le pire, l'insupportable et qui ne me quittera plus c'est que je peux pas m'empêcher de croire que c'est à cause de moi et de toi, papa, qu'elle nous a offert sa vie en réparation... T'as pas compris, Inge, que t'avais rien à racheter, pas plus coupable désormais que moi ou quiconque... Le nazisme c'est pas dans les gènes, tu acceptais l'héritage, pour l'assumer, mettre ton souvenir en travail, et c'était bien, je t'aurais prise moi, comme t'étais, allemande et fille de SS, et justement à cause de ça !

J'ai descendu une marche, et j'ai demandé, j'ai demandé, si j'avais voulu l'épouser Inge, si j'étais venu là, lui demander à lui qui avait failli me prendre mon père et m'empêcher d'être sur l'écorce de cette terre, qu'est-ce qu'il aurait répondu... ? J'aurais voulu que tu sois là, p'pa, et que ce soit ta main qu'il prenne et mouille de ses larmes. Il faisait oui de la tête et rien ne sortait de ses lèvres. Mais comment mesurer son repentir, à quoi ça se vérifie le regret... ? J'ai juste encore réussi à dire qu'il avait tué sa fille il y a longtemps, le jour où il avait déporté son premier juif, fait exécuter son premier résistant. Et maintenant, qu'il avait trop de sous, trop respectable, trop pardonné, trop impuni, trop pourri de paradis ici-bas… Et puis je pouvais plus, tu comprends, je pouvais plus, je voulais pas me répandre devant lui, chialer pas beau… Au fond de la maison, j'entendais pleurer une femme. J'ai laissé mon bouquet à Herr Erwin Sonnenschein. Inge avait payé assez cher pour qu'il en soit digne. Je suis sûr que t'aurais fait pareil, p'pa…

Et là, le poème de la bague brisée me revient et je lui récite la dernière strophe :

Ich hör das Mühlrad gehn
Ich weiss nicht was ich will
Ich möcht am liesbten sterben
Da wär's auf einmal still *

Juste comme je tournais le dos, Sonnenschein a ajouté : le luger brandi par Inge,

---

* J'entends la roue du moulin qui va, je ne sais pas ce que je veux, je voudrais mourir au mieux, alors, pour une fois, il ferait calme. *(Traduction de l'auteur.)*

c'était le sien pendant la guerre... Elle voulait me le donner, que je te l'offre ensuite papa, pour marquer ta victoire.

La revanche, la vengeance, si tu voulais ces consolations barbares pour courageux d'arrière-garde, alors là t'étais servi, papa, tu pouvais lui rire au nez, lui demander une photo d'Inge, remuer le fer dans la plaie, mais je sais que non, que t'aurais juste tourné la tête à ce que je vais te dire, que je voie pas tes larmes. Parce que personne ne peut souhaiter à quiconque, même au pire des hommes, même à celui qui a décidé ta propre mort, d'avoir envie de mourir sur-le-champ à cause d'une petite fille injustement en allée. Surtout pas un clown.

Papa, t'inquiète pas, vos jardins, à Gaston et à toi, et ceux de Bernd Wicki, vont recommencer à fleurir, les cerisiers de mai auront des fleurs aux pétales comme les paupières des femmes, et leur parfum, faut-il qu'il m'en souvienne... L'automne sera beau... Mais ces fleurs coupées, oh ! ces fleurs coupées tout juste écloses... ! Tout à l'heure, de l'héritage, je ne réclamerai à Françoise que ta vieille valise d'auguste, tes fards gras et tes haillons splendides... Ton nez rouge, aussi... Le reste de mon viatique, avec quoi je veux traverser la vie et puis emporter au-delà, je l'ai dans ma poche de poitrine. Le ticket de cinéma, le sang dessus, mes seules noces avec Inge...

Et le temps, suspendu à peine un battement de paupières, reprend son cours, je rouvre les yeux sur le cimetière trempé de crachin juste comme le curé achève sa bénédiction...

– ... Du fils... Et du Saint-Esprit... Amen...

...que déjà les croque-morts font reculer Gaston et Nicole pour pouvoir ajuster la pierre tombale, qu'un beau sanglot de Françoise fait courir la chair de poule à quelques godelureaux, que tu entres, p'pa, sur la grande piste, là-bas, entre les étoiles...

Adieu p'pa.

Voilà, ces jours-là, celui de la mort d'Inge, celui où mon père est parti, j'ai pris mille ans sans savoir pourtant si je suis enfin devenu grand. Papa ne m'entend plus, sa tombe est fermée depuis trente ans. À la mort de Gaston et Nicole personne n'a envoyé de faire-part. Je n'étais même pas aux cérémonies funèbres. Françoise peut-être, oui. Elle est restée vieille fille à faire de l'allemand comme on fait des confitures. Sans nécessité, par gourmandise. Non, courageusement. Parce qu'à enseigner Goethe et Böll, elle règle sa part de nos dettes d'humanité.

Aujourd'hui, moi, je sais juste deux ou trois choses de plus qu'alors. Que l'Allemagne est fraternellement réunifiée, que le mur de Berlin n'est plus que des fragments multicolores sous des globes de plastique qu'on retourne pour faire tomber une neige heureuse sur les ruines du passé, que les Trabies pourrissent au bord des routes de l'Est, remplacées par de rapides BMW et Mercedes, que d'anciens généraux de l'armée de DDR dissoute sont devenus pompistes, que fraternellement ces messieurs de République fédérale allemande sont venus occuper leurs places, que d'anciens ministres français veulent faire libérer Papon, un autre criminel sans mémoire, comme s'il y avait un âge limite, coupable en deçà, innocent au-delà, que la nostalgie des fascismes flotte sur l'Europe comme une vieille valse si douce, si proche de nous que les étrangers, les autres races n'en connaissent ni les paroles ni la musique et n'en entendent pas l'écho… Et que les enfants des feddayins capturés à Fürstenfeldbrück, les disciples d'Abou Daoud relâchés six semaines après la tragédie de Munich, après les représailles israéliennes sur les camps palestiniens du Liban, ces enfants ont attendu vingt-neuf ans, et, peut-être encore protégés il y a quelques années par les USA, ont semé l'apocalypse dans les jardins des gratte-ciel de New York… Deux ou trois choses qui troubleraient ton sommeil, papa…

Et même si ma voix n'arrive pas à toi, papa, c'est à toi que je parle… Oui au procès Papon j'ai refait le clown à ta place, plus de vingt ans après ta mort, j'ai tenté de convoquer les âmes des pauvres morts des camps, des déportés, bien sûr j'essayais de rendre un peu de dignité au monde par la dérision, bien sûr je transgressais le sacré de la justice, bien sûr je frôlais le sacrilège au regard de ces vies volées, parce que c'est la seule façon de combattre la transgression de nature qu'est le mal absolu, mais j'appelais aussi l'ombre douce d'Inge, parce que finalement, tu vois, on paie tous, et très cher, vainqueurs ou vaincus, la rançon de la barbarie et de l'inhumanité, les gages des bourreaux nous en sommes tous comptables, et au bout de l'histoire on ne peut plus qu'essayer d'aimer, mais à peine. Et de Dieu, c'est douloureux, p'pa, c'est douloureux…

Aujourd'hui Inge est morte, p'pa, aujourd'hui et tous les aujourd'hui à venir, elle ne cessera pas de mourir jusqu'à ce que moi aussi je sois sous terre ou cendres soufflées au vent…

Lille. Avril 2001. Villa Mont Noir. Septembre 2001.

Achevé d'imprimer
en février 2003
par Printer Industria Gráfica, S.A.
08620 Sant Vicenç dels Horts, 2003
Depósito Legal: B. 841-2003
pour le compte de
France Loisirs
123, boulevard de Grenelle,
Paris

Numéro d'éditeur : 38039
Dépôt légal : Février 2003
Imprimé en Espagne